致无尽岁月

To Endless Times

安晴 著
AnQing Zhu

天津出版传媒集团
天津人民出版社

图书在版编目（CIP）数据

致无尽岁月 / 安晴著. -- 天津 ： 天津人民出版社，
2015.7（2020.3重印）
ISBN 978-7-201-09433-5-01

Ⅰ．①致… Ⅱ．①安… Ⅲ．①中篇小说－小说集－中
国－当代 Ⅳ．①I247.5

中国版本图书馆CIP数据核字(2015)第128982号

至无尽岁月
ZHI WUJIN SUIYUE
安晴 著
_____

出　　版　天津人民出版社
出 版 人　刘　庆
地　　址　天津市和平区西康路35号康岳大厦
邮政编码　300051
邮购电话　（022）23332469
网　　址　http：//www.tjrmcbs.com
电子信箱　reader@tjrmcbs.com

责任编辑　玮丽斯
装帧设计　赖　婷　齐晓婷

制版印刷　三河市华东印刷有限公司印刷
经　　销　新华书店
开　　本　660毫米×960毫米　1/16
印　　张　16
字　　数　166千字
版权印次　2015年7月第1版　2020年3月第2次印刷
定　　价　42.80元
_____

目录
CONTENTS

目录
CONTENTS

楔　子

幽　蓝　色　的　梦　境

　　透亮的日光照耀着苍穹，阎怡在幽蓝色的湖水里缓慢前行，无边的孤独和忧伤淹没着她，脑海里如电影镜头般快速闪过许多熟悉的身影，有她自己，有最爱的白墨缘，有最乖巧的妹妹白迎雪，还有最信任的闺蜜沈珞瑶。

　　可偏偏就是这样原本应该觉得温暖的人和记忆，却带着一股喧嚣的气势，冲击得她的脑袋发疼。

　　她朝距离最近的白墨缘伸出双手，他却猛地向后退了一步，随后决绝地转身离开。阎怡默默凝视着他远去的背影，目睹着他们之间的距离越来越远，就在她快要失去他的踪影时，白墨缘却突然回眸，可惜日光倾城，模糊了他漂亮的眉眼。

　　而在旁侧不远处，白迎雪轻蔑地笑着："你去问问你的好姐妹沈珞瑶，跟我哥哥白墨缘在一起的感觉如何？"

　　阎怡的脸上顿时浮现出悲怆又不可思议的神色。

　　还有她的闺蜜沈珞瑶，她居高临下地瞟了阎怡一眼，就好像枯枝划过脸颊："对不起，阎怡！白墨缘，我要了！"

　　所有的声音交织在一起，如同天地间最尖锐的海啸声，冲击得她的世界轰然倒塌……

第一章

潘　多　拉　魔　盒

01

阎怡骤然惊醒，心跳十分清晰。她哆嗦地动了动嘴唇，却发现自己一个音节也发不出。

病房里散发着淡淡的药水气息，阳光在窗前跳跃着。她的视线突然定住了，白墨缘坐在窗边低头看书，不时露出若有所思的神情，气质宁静而优雅。还记得以前他也最喜欢坐在窗边看书，阳光落在他身上。

那时，阎怡最喜欢偷偷地看着他，暗自在心里憧憬着他们的美好未来。

"你醒了？"似乎察觉到她的注视，白墨缘合上书，目光朝这边看过来。

阎怡看着他，心绪起伏。

白墨缘走过来，拉过被子拢住她，关切地问："在想什么呢？"

阎怡躺在床上，咬唇看着他的一举一动。

"想喝水吗？"白墨缘言语宠溺，仿若将她当作一个小孩子。

他凝视着她的目光依然一如从前那般沉静温柔，只是隐约又透着几分无奈……他也会无奈吗？

"沈珞瑶呢？"终于，阎怡还是遏制不住内心的情绪吼了出来，由于过度激动，声音变得有些颤抖。

白墨缘愣了一瞬，随后叹了口气，语气越发温柔恳切："不要这样……"

"那你要我怎样？墨缘哥，我们从小一起长大，你明明知道我喜欢你，可你为什么要跟我最好的朋友在一起？为什么！"由于太过用力，阎怡说到最后猛地咳了起来。

白墨缘忙上前轻轻拍着她的背，阎怡反手打开他的手："我是死是活都跟你没有关系，你去找沈珞瑶，去过你们幸福美好的生活啊，为什么要来管我！你们两个竟然同时背叛我，践踏我对你们的信任！以后不要再在我面前做作，这只会让我觉得恶心！"

白墨缘的动作僵住了，眸子里的光彩也越来越暗淡，仿佛心底最不设防的角落被人狠狠地剜了一刀。

阎怡看着他，眼睛逐渐湿润。她从来没有想过沈珞瑶会背叛自己，她更没有想到白墨缘会跟沈珞瑶在一起，没有人告诉过她，当闺蜜介入自己与初恋之间的感情时，事情会变得这么残忍而难以接受。

"不是你想的那样……"白墨缘努力挤出一丝笑容，试图缓解一下局面。

"闭嘴！"怒火像无休止的浪潮席卷了阎怡的内心，她的脸颊已经涨得通红，"你的亲妹妹白迎雪就是这么告诉我的，难道她会诬陷你？难道她会骗我？"

白墨缘皱起了眉头："我们先不说这些好吗？你掉到湖里，昏迷了两天

才醒过来，现在应该好好休息。"

可阎怡一句话也听不进去："白墨缘，你凭什么管我？你现在还有资格管我吗？我告诉你，我掉到水里淹死也好，出门被车撞死也好，统统跟你没有关系！"

"啪！"

脸上挨了一记热辣辣的耳光，阎怡的脸瞬间苍白失色，她瞪大双眼看着白墨缘，他居然打了她，他居然会动手打她！

明明是他跟沈珞瑶背叛了自己，他有什么理由打她？

白墨缘绝望地看着她，语气也是罕见的冰冷："阎怡，这个世界上没有任何一样东西值得你用自己的命去换！"

阎怡整个人颤抖得厉害，几乎怀疑自己是在做噩梦还没有醒过来。面前这个人真的是那个曾经温润如玉，和她青梅竹马一起长大的墨缘哥吗？这几天究竟发生了什么，为什么身边所有人都要抛弃她、背叛她？她究竟做错了什么！

阎怡几乎是拼尽了全身的力气歇斯底里地叫起来："你走！你走啊！我再也不想看见你了！"

白墨缘望着她，良久，发出了一声几不可闻的叹息，竟真的转身朝门口走去。经过窗前的时候，日光缓慢而均匀地在他身上流转，就像电影里的柔光镜头，给他的身体镀上了一层淡淡的光晕，让他整个人看上去如同一个虚幻的剪影。

当房门彻底关上的刹那，阎怡的脸色变得惨白，心里好像有什么东西在飞快地分崩离析，最后灰飞烟灭。

白墨缘竟真的丢下她走了！

房间里陷入死一般的寂静，她死死地咬住自己的下唇，承受着来自心窝的巨大痛楚，可最终泪水还是忍不住流了出来。阎怡抱着头号啕大哭起来，直到最后力气用光了，连哭都哭不出来了……

迷迷糊糊地睡了一会儿，当她醒来的时候，却听见另外一个人在房间里哭。

是白迎雪，白墨缘的亲妹妹，阎怡也曾一直将她看作自己的亲妹妹一样。

"你哭什么？我还没死。"阎怡的声音有些嘶哑，不知道是不是因为之前哭太多的缘故。

白迎雪还在抽泣。

阎怡不悦地皱了皱眉："你能不能不要哭了？你这样我会更加难受。"

白迎雪这才止住了哭泣。

房里透着一种古怪的气氛，阎怡意识到自己刚才对白迎雪的态度有些凶，但是不知道为什么每次看见她就会想起她的哥哥，以前对她好也是因为她哥哥，现在想对她发脾气也是因为她哥哥。

阎怡闭了闭眼睛，试图从病床上坐起来。

白迎雪急忙上前在她身后垫上一个靠垫，然后又快速坐回去，就像一个做错事的孩子。

阎怡靠在病床上看着她，小声说了一句："对不起……"

　　白迎雪拼命摇头：“不，是我吵到怡姐姐了。”

　　阎怡其实只比她大几个月，但是白迎雪每次都会像个孩子一样，把她和比她们大三岁的白墨缘等同起来对待。

　　“你不要哭了，我没事。”阎怡调整了一下心情，语调缓慢而清冷。

　　白迎雪瞧着她，阳光照在阎怡身体的一侧，让白迎雪所看到的另一侧有种冷冷的阴影。白迎雪的双手下意识地纠缠在一起。她有一种恐惧，一种不敢跟任何人说的恐惧，她看着阎怡，忽然觉得自己已经堕入深渊之中，那里除了黑暗，一无所有。

　　“怎么了？”大概是察觉到白迎雪的视线，阎怡偏了一下头看着她。

　　白迎雪低下了头，头发遮住了清秀的眉眼：“怡姐姐，对不起，对于我哥哥的事情，我原本是想为你抱不平，所以那天才约了你跟沈珞瑶出去。”

　　阎怡说：“我知道。”

　　隐隐间，白迎雪觉得有一双冰凉的手抓住了自己的心脏，并越收越紧。她暗地里用指甲重重地掐了一下自己，强忍住那种不安和愧疚，用一种听起来不会有异样的声音说：“所以，怡姐姐，我不是故意要推你的，我原本是想推沈珞瑶，我本来是想吓唬她一下。”

　　是的，阎怡现在会住院是因为她被人推下湖，而那个人就是白迎雪。

　　房间里安静得只剩空调往外冒冷气的声音，让人觉得骨子里都透着一股冰凉。

　　阎怡舔了舔干涩的嘴唇：“我知道，你还是向着我的。”

　　白迎雪立即点了点头：“怡姐姐，这件事情可不可以不要跟我哥哥说，我不敢跟他说是我推的你，我怕他会怪我。"

"他才不会怪你，他现在心里只有沈珞瑶。"阎怡笑了，清清冽冽的笑。

病房里又变成一种死一样的寂静，窗外的阳光倾泻，进来形成一束一束的光，光束中悬浮着一粒粒尘埃。

过了好久，白迎雪都没有再接话。

阎怡想了想开口问道："沈珞瑶呢？"

"她……死，死了……"

"你说什么？"阎怡只觉得耳朵里"嗡"的一声，整个人一下子都蒙了。

白迎雪抬起头，瞪大了一双眼睛，口齿清晰地告诉她："怡姐姐，她死了，沈珞瑶死了！"

沈珞瑶……死了？

02

"我抢了你的男朋友，用命赔给你，好不好？"

白迎雪说，这是沈珞瑶死前的最后一句话，她还说，沈珞瑶是因为看见阎怡掉到湖里，才拼了命把她救起来，最后却丢了自己的命。

阎怡至今也无法说出听到这句话时，心里究竟是什么感觉。今天是沈珞瑶出殡的日子，一大清早，她换上一套黑色的衣服，离开医院上了一辆出租车，跟司机说了一个地址。根据白迎雪所说，如果想去送沈珞瑶最后一程，

就一定要去那里。

车子缓缓启动了，外面下着大雨，昨天明明还是艳阳高照，一夜之间就变了天，下起了瓢泼大雨，就好像一转眼的工夫，一个曾经鲜活的人就这么没了。

阎怡看着车窗外灰蒙蒙的天，以为自己掉进了一个梦魇。她狠狠地掐了大腿一下，疼！显然这一切都是真的，沈珞瑶死了，她在抢走了白墨缘之后就死了，而且还是为了救自己而死的！阎怡想笑，却发现眼睛又涩又胀，眼泪也不知何时溢出了眼眶。

沈珞瑶怎么能这么自私？她擅自抢走自己最爱的人，又擅自救了自己的命，还擅自选择了永远离开，再见无期！

阎怡抱着双臂，浑身瑟瑟发抖。明明是9月，为什么会如此冷？简直冷入骨髓。

天地间被雨水连成灰蒙蒙的一片，阎怡望着远方，她想起了前不久的事情，那段记忆在她的脑海里飞快地回溯，恍若是最浓重的黑暗……

虽然仅仅相隔几天，却恍如隔世。

大四刚刚开学，阎怡从A大的图书馆出来，恰好这天人多，她没有坐电梯，而是顺着鲜少有人的楼梯往下走。她走路的脚步很轻，以前沈珞瑶就笑她像猫儿一样。

就是这一天，在楼梯的转角，她看见了令她万分震惊的画面。最初，她原本只看见了白墨缘，刚想快步走过去从后面抱住他，给他一个惊喜，没有想到却听到有人在哭，而且像是个女孩子的声音，阎怡下意识地往后一缩，躲了起来。

而更加让她没有想到的是，那个哭泣的女孩竟然是沈珞瑶！

光线影影绰绰的走道里，沈珞瑶无助地靠在白墨缘的怀里，像个孩子般哭泣着。白墨缘搂着她，在她耳边轻轻说些什么，温暖暧昧的情景让阎怡有些恍惚。

沈珞瑶、白墨缘……

一个是她最好的朋友，另一个是她从小到大爱慕的人。

阎怡以前跟沈珞瑶提起过白墨缘，她说，白墨缘是她此生最爱的人，但从来都没有带沈珞瑶跟白墨缘见过面。他们是什么时候认识的？举止还这么亲昵！

楼道里的灯光本来并不刺眼，只是看着被光影笼罩的那两个身影，她觉得那些光束好似变成了一根根尖锐的针，深深地扎进心脏最柔软的地方。

在白墨缘的抚慰下，沈珞瑶的情绪渐渐平静下来，她靠在他的臂弯里，就像曾经的阎怡一样，被白墨缘修长的双臂拥抱着。

阎怡看着那两个拥抱在一起的人，耳畔轰然作响，全身的血液好像在一瞬间全部冲到了头顶，有点蒙蒙的。

时间一点一滴地过去，阎怡自己都不知道自己是怎么被沈珞瑶跟白墨缘发现的，她只记得当她出现在沈珞瑶跟白墨缘视线里的那一刻，他们脸上的表情惊恐极了。

"你们是什么时候认识的？"阎怡在开口问这个问题的时候，心里还抱有一丝期待，但是寒意从脊背沁入心底，那一刹那，她似乎想到了很多事

情，却都不敢再深入地去想。

走道里的灯光照着三个人表情各异的脸，可所有的人都沉默着。白墨缘的视线看向别处，一向淡定从容、温润如玉的他此刻却眼神闪烁，似乎在逃避什么。

阎怡努力控制着颤抖的身体，还在不死心地问："你们刚刚在做什么？"

仍旧没有任何人回答她。

如果这只是一个误会，他们为什么都要保持沉默？保持沉默的意思是不是就是意味着，这并不是一个误会？

阎怡发现沈珞瑶的眼神变了。

一种诡异的气氛在阎怡和沈珞瑶之间蔓延。

良久，沈珞瑶微微扬起了头，就好像胜利女神一样："阎怡，我以前只是听你说过很多次墨缘哥，我没有想到见面之后竟然会发现，他就是我一直在等的那个人。"

阎怡愣住了。

她看着沈珞瑶亲密地挽住了白墨缘的胳膊。这代表什么？代表他们在一起了？

"你真的完全没有察觉吗？我跟墨缘哥其实已经见过很多次面了，跟墨缘哥在一起的时光，是我人生中最幸福的记忆。"沈珞瑶笑靥如花，只是眼底却有一抹阳光照耀不进去的狭长阴影。

阎怡的愤怒再也克制不住了，全身的血液都在沸腾和叫嚣："你们都是一群不要脸的骗子！"

那一天，夕阳西落，余晖烧得半边天如火如荼，阎怡像疯了一样跑回宿舍，她的身影也仿佛在燃烧。

"砰"的一声，阎怡重重地推开宿舍的大门，白迎雪看见她那副模样简直吓傻了。

阎怡没有哭，只是身体止不住地在发抖，她脸色惨白地站在门口，影子被光线拓在地面上，拉得好长好长，散发着幽凉和冷寂。

白迎雪鼓足勇气疑惑地问："怡姐姐，你怎么了？"

阎怡木然地摇头，嘴唇抿得死紧。

白迎雪打量着她的神情，小心翼翼地问："是不是因为哥哥？哥哥来了吗？"

如果说这个世界上还有一个人能影响到阎怡，那么就只有白墨缘！

阎怡颤颤巍巍地走进来，白迎雪扶着她坐下，说了很多安慰她的话，可阎怡一句也没有听进去，她唯一听见的一句就是："你是不是知道了你的好姐妹沈珞瑶跟我哥哥在一起的事？"

阎怡猛地抬起了头："你说什么？"

白迎雪却一脸无辜地反问她："你也知道了，对不对？"

阎怡抓住她的胳膊死命摇晃着："这么说，你早就知道了？"

白迎雪愣了一下，眼底有一丝幽暗的情绪一闪而过："我很早就知道了，是沈珞瑶招惹哥哥的。"

是沈珞瑶招惹了墨缘哥？

阎怡试图用深呼吸让自己保持镇静，却扯动了全身的神经，细碎的痛楚从心脏蔓延到全身的每个细胞。

白迎雪一把捉住阎怡的手："怡姐姐，我知道你一直把沈珞瑶当作最好的朋友，但是她明明知道你最喜欢我哥哥，却抢走了你的最爱，你难道还要维护她吗？你难道不应该去找她算账吗？你难道要眼睁睁地看着她踩在你头上为所欲为吗？"

阎怡看着她，白迎雪的话刺激着她灵魂深处的黑暗气息，它们饱含恨意地生长着，蒙蔽了她的眼睛和理智。

那天晚上，她们将沈珞瑶约了出来。

A大的湖边，9月的晚风已经有丝丝凉意，湖水在微风吹拂下荡漾出一圈圈涟漪，一盏路灯映照着她们的身影，四周安静得只有风吹过树梢的沙沙声响。

阎怡和白迎雪一起面对沈珞瑶而站，银色的月光洒在湖面上，风中还有青草的微香。明明是这样美好的夜晚，阎怡却把她所会的最难听的话全都说了出来，昔日最要好的两姐妹，此时此刻就像两个恶妇一样吵得不可开交。

"你怎么不去死！"口不择言的阎怡吼完这一句却愣住了。她什么时候变得这么恶毒了？居然也可以说出这种话？

阎怡永远记得当时的情景，就好像一场哀伤的文艺电影，当她说完这句话之后，黑暗中一双手伸了出来，将她猛地往后一推。

远处，树叶在风中颤抖、晃动；天边，淡淡的月光和夜幕的星辉交映成一片。她顺着坡道滚下去，直接落到了湖水里。

白迎雪站在岸边，她的眼睛泛着琉璃一样的微光，而旁边的沈珞瑶则露出了惊恐的神情。

当阎怡落入冰凉的湖水里的那一刻，她曾以为自己死定了，初秋的湖水透着彻骨的冰凉，在黑暗的湖底，她看不见任何东西，快要窒息的痛苦让她头痛欲裂……

而阎怡万万没想到的是，最后自己竟然得救了，而救她的人，居然是沈珞瑶。

阎怡从出租车里钻出来，前面数米开外就是庄严肃穆的殡仪馆，再过不久沈珞瑶就要从里面出来。她掏出手机打电话给白迎雪，却听到里面传来冷漠的女声——"您拨打的电话已关机"。不管她打多少遍，白迎雪始终没有接听电话。至于白墨缘，阎怡没打算去联系他。

雨水让天光显得格外暗淡，明明是白天，路上却亮起了昏黄的路灯，所有的景致全部笼在一团水雾之中。

阎怡怔怔地站在路边。突然间，她听见了哀伤的乐曲声，下意识地扭头向殡仪馆门口看去。送葬的队伍从里面缓慢地走了出来，最前面的人捧着沈珞瑶的画像，虽然是一张黑白画像，却丝毫不影响她的美丽。

阎怡远远地看着，世界也变得像一张黑白照片一样沉静。她觉得自己陷在一种复杂的情绪里面，被数不清的烦闷和痛苦所包围，却又无能为力。

在哀伤的乐曲声中，送葬的队伍与阎怡擦身而过，她看着沈珞瑶越走越远，那一刻，她才觉得沈珞瑶距离自己已经是那么遥远，在生与死的距离

间，她觉得自己被抛弃在了一个孤独无助的世界里，她再也忍不住，失声痛哭起来。

这样如同梦境一般的现实，是否太过残忍？

03

阎怡漫无目的地在马路上走着，有种从梦中清醒的寂寥。也许是因为天气的关系，路上没什么人，雨虽然越下越小，迎面吹来的风却越来越冷。

"阎怡。"

身后有个人叫住了她。

阎怡起先觉得应该是错觉，但那个声音还在继续叫着她的名字，她不自觉地放慢脚步，却没有转身，只是呆呆地站着。

直到声音的主人走近，用双手转过她的身子。

"你怎么不打伞？"说话间，来人已经脱下单薄的外套披在了她的身上。

阎怡抬头看着他，眨动双眼，雨水顺着她微微扬起的面颊流下，像是冰冷的泪。那个人为她一一擦干，夹杂着雨水的风撩起他墨色的短发，他的脸上也被雨水淋湿了。

他是谁？

阎怡望着面前高大挺拔的身影，一时有些恍惚，他的脸极其英俊，非常迷人，这人显然不是白墨缘。

他一脸担忧地望着她："一个人在马路上乱走很危险。"

他好像是……萧彬？

阎怡不可思议地看着他，恍惚中有种时间凝固的错觉。这个人跟自己同校，今年应该已经毕业了，她还记得去年在学校里，曾收到过他的一封情书。

"还记得我吗？我叫萧彬。"他微笑着介绍自己。

阎怡点点头。

时光倒回到去年樱花盛开的季节。粉嫩的花瓣轻盈飘落，站在樱花雨中的萧彬脸上仿若带着淡淡的光泽，他递给她一封信，说："我叫萧彬，和我交往怎么样？"

阎怡没有接那封信，那时她的心里只有白墨缘一个人，已经被他填满了，再也容不下任何人。

她只淡淡地看了他一眼，转身就要走。

萧彬说："你难道不看看吗？这可是我花一周的时间才写好的情书，也是我的第一封情书。"他的声音满怀期待与温柔。

阎怡还是没有回头，可不知道为什么，她永远记得那天的樱花，一阵微风拂过，樱花从天空徐徐飘落，像是粉色的精灵，很美很美……

如今萧彬再次出现，他将她揽进怀里，为她挡去那些风雨。阎怡的身子僵了一瞬，她依稀听见萧彬轻轻地耳语："我送你回去吧。"

阎怡略微失神，除了白墨缘，这还是她第一次如此亲昵地靠在一个男子的怀里。

萧彬将她带上了车。窗外，雨依旧淅淅沥沥地下着，玻璃被外面的街灯

照得有些反光，一切的一切都好像变得晃眼而迷离。

萧彬问她："你怎么一个人在路边晃悠，还不带伞？"

阎怡看着他，本就消沉的心情被他这么一问，更加低落和难过了。

萧彬体贴地笑了笑："不愿意说就算了，先休息一下吧，我送你回学校。"

空气中出现了片刻的静默。

有时候，越是别人说算了，反而越容易激起人倾诉的欲望。阎怡感到内心某个角落被轻轻地撩拨着，大概也是这段时间以来，因为从来都没有跟人说过，心里的堵塞让她烦闷的情绪无处消散。

阎怡开始讲自己的事情。其实她也不知道要从何讲起，她讲了自己最好的朋友跟自己最爱的人在一起，讲了自己最好的朋友最后竟然为了自己，连命都丢了……她零零碎碎地讲了很多，其间还停下来失控地哭了几回。

萧彬听得特别认真，车子缓慢地往前行驶，他安静地听着阎怡有点颠三倒四地讲着她的故事，最后才开口问她："那你以后有什么打算？"

阎怡愣了一下，很显然她没有想得那么远，她觉得自己的时间和生命都还停留在过去，她根本还没来得及想以后。

萧彬若有所思地望着她说："你今年也大四了吧？实习的地方找到了没有？"

阎怡摇摇头。

"要不要我给你介绍一份实习的工作？"萧彬说完微微探身，伸出右手擦了擦她脸颊上的泪水。

不知道是不是因为他的动作太过突然，还是因为她现在仍沉溺在最柔弱的状态里，阎怡竟然没有躲开他的触碰，甚至还因为他的动作而微微失神。

也许是为了掩饰内心的异样，她连忙扭过头看着窗外，把自己脸上的泪全部抹干净，努力让情绪恢复到正常的状态。

光从一侧打过来，使得她的脸如同被深山里升起的袅袅云雾笼罩着，安静却难以捉摸。

注视着她发呆的模样，萧彬唇边的笑愈来愈灿烂："阎怡，我可是喜欢你好久了。"

阎怡头也没回："我现在没有心情。"

"我可以等，等到你愿意的那一天为止。"

他的声音变得温润且柔软，像极了白墨缘，阎怡神情恍然地回头看着他。

前方红灯，车子停下来。萧彬伸手拨开她的一缕刘海儿，手指过处，如烟般轻柔。他眼底潋潋流动的光芒如同夏夜的星辉，流淌着一种阎怡读不懂的深情。

阎怡反应过来后，很快躲开了他的动作，靠在窗边："你不要这样，我真的没有心思。"

萧彬轻轻地笑："我会等的。"

这几个字温和富有磁性，好似从耳朵直达心灵深处。

车子重新缓缓启动，阎怡抿紧嘴唇，把视线投向窗外，脑海中思绪万千，仿佛有无数声音在耳畔充斥，太阳穴也被痛苦地撕扯着。

萧彬看了她一眼，眼神如暖阳般温柔："要不要休息一会儿，你也累了。"

阎怡转头看他，他明明在专心开车，可为什么好像随时随地都能知道她的感觉和想法？

萧彬将车停在路边，轻轻拍着她的后背，像幽然的摇篮曲，阎怡困得眼睛仿佛马上就睁不开了。

"睡一会儿吧，很快就回去了。"萧彬的声音轻轻的、软软的。

阎怡听话地阖上了双眼，心底生出无边倦意，慢慢地，她的呼吸慢了起来，不知不觉就睡了过去。

窗外，雨依旧淅淅沥沥地下着，车灯在前面扫出两道冰冷的光影，细雨落在玻璃窗上，流下一道道泪痕般的轨迹。

车内灯光幽暗，阎怡靠在副驾驶座上睡着了，萧彬看着前方，眼神骤变，好似透着一股寒芒……

第二章

阳　光　下　的　泡　沫

01

阎怡知道自己又在做梦，梦里黑漆漆的一片，而她在奋力奔跑，这场黑暗里的奔跑就好像一场狼狈的逃亡，她想哭也哭不出来，只感到一种强烈的孤独和绝望，似乎所有的一切都离她而去，从此往后就是永远的黑暗……

她想睁开眼睛，在百般抗争之后，眼里终于涌入了一丝光亮。

"你醒了。"说话的人，语气温柔得好似小提琴拉出的尾音。

阎怡循声望去，原以为第一眼看见的还会是白墨缘，可这样明朗的笑容，却分明不是他。她动了动干燥的嘴唇，哑声问："萧彬，你怎么会在这里？"

"你在我的车上发烧睡着了，我只好带你来医院。"说话间，萧彬伸出一只手温柔地搭上了她的额头。

阎怡默默地凝视着他，从窗外涌进来的光线给他的面容镀上了一层曚昽的光晕，让他整个人显得越发英俊逼人："已经退烧了，你想吃点什么？"

阎怡无力地摇摇头："我不饿……"

"喝点汤好不好？"不等她回答，萧彬已经径直转身，进了隔壁的房间。

病房里静悄悄的，阎怡疲惫地环顾四下。这跟她以前住过的病房不一样，房间装修典雅，而且很大，大概是两室两厅的布局。第一次住这么豪华的病房，她心里不免有些忐忑。

透过那扇落地的窗户，可以看见窗外的一大片景色，和煦的阳光透过树的缝隙，照射在整片树林里，树林后面是一个波光粼粼的湖泊，风景秀丽，风吹过，湖泊上漫过一层层波浪，令人心旷神怡。

萧彬很快端着一个青花瓷碗走了过来，上面冒着阵阵白色的热气。窗外的阳光倾泻在他身上，那光泽就像电影里的柔光镜头，使他的眼神看起来柔和而温润。

阎怡问他："这个房间是你订的？"

萧彬绽出一抹笑容："当然。"

"很贵吗？"

"不贵，来喝汤。"说着，他将瓷碗放在床头柜上，然后小心翼翼地将床头摇高一些。

阎怡挣扎了几下，她想自己坐起来，一抬头正好碰上萧彬低头，他的唇不经意间擦过她的额头，两人的动作都随之一僵。

阎怡很快反应过来，侧身避过，心中却涌起一丝慌乱。

萧彬却打趣地笑了："啊，你占我便宜。"

"胡说！"阎怡半仰着脸反驳。

就在这一瞬间，萧彬猛然捧住她的脸，在刚刚触碰到的地方轻轻落下一个吻，一个轻柔如雾的吻。

那一刻，阎怡觉得自己似乎是被什么东西打坏了脑袋，眼睛猛然睁得大大的，完全忘记了反抗。

"我真的好喜欢你啊，阎怡。"

又是这一句告白。

窗外阳光灿烂，空气中弥漫着和煦而又温暖的气息，他们四目相望，明明是如此美好的景致，可是在萧彬深情的目光中，阎怡的背脊渐渐僵硬起来，她垂下头，不知怎么就想到了白墨缘，为什么这句话是从萧彬嘴里说出来的呢？如果是白墨缘，她此刻一定满心欢喜。

紧接着，她又想到了沈珞瑶，想到了她那张无可挑剔的面孔，一种没顶的绝望和悲伤开始迅速在血液里蔓延……

时间仿佛在此刻凝固，病房里静得没有一丝声音。

萧彬轻松地笑了起来，拉回了她飘远的思绪："我说过我会等，我对自己可是很有信心的。"

阎怡闻言抬起头看着他，他的笑容就好像窗外的阳光一样，明亮却不灼人。

"来喝汤吧。"萧彬把瓷碗端过来，香热的鸽汤弥漫在空气中。

阎怡的嘴角不自觉地露出一抹淡笑："你有点霸道呢。"

"因为我喜欢你嘛。"他三句话不离"喜欢"这两个字，看起来出奇固执和孩子气。

阎怡若有所思地看了他一眼："你知不知道，'喜欢'这两个字，说多了就不值钱了。"

萧彬笑了笑，用带着一丝调侃却认真的语气说："我会让你知道，我的'喜欢'绝对很值钱。"

"你偷换了我的概念，你明明懂我的意思。"阎怡也跟着笑了起来。

萧彬凝视着她，神情说不出的温柔："你也觉得我会很懂你吗？"

阎怡一愣，明明只有短暂的相处，萧彬似乎真的更懂她。那白墨缘呢？阎怡知道自己不应该再去想他，可是每次都会不可抑制地想到他，想他的笑，想他的话，想着有关他的一切……

"我想喝汤了。"阎怡赶紧转移话题，却察觉到自己的声音不可抑制地有些颤抖。

萧彬没有多说什么，他端起汤碗，将小勺里的汤吹凉了才送到她的唇边："尽量多喝一点儿，对恢复身体有好处。"

阎怡一口一口地喝着汤，没有发出一点儿声音。

萧彬柔声说："等你好起来了之后，我就给你介绍一份实习的工作，我也在那里工作，你不用担心初入职场被人欺负，我会罩着你的。"

这一次，阎怡没有张口，只是抬头静静地望着他。

萧彬挑挑眉，疑惑地问她："怎么这样看着我呢？"

"你明明知道我心里有别的人，你自己的条件也不错，干吗偏偏对我这么好？"阎怡没发觉自己在说这句话的时候，就好像闹脾气的恋人。

萧彬笑了笑："那你呢？"

阎怡的心神不可抑制地恍惚了下，她想到了白墨缘。

萧彬似乎看穿了她的心思："你又为什么要一直喜欢白墨缘？我还记得

你昨天跟我说过的话，他明明让你这么痛苦，为何你却要一如既往地喜欢他？"

他的声音里好像有种低柔的感情，阎怡的思绪突然变得空落落的。

白墨缘是她从小到大的一个梦，要怎样才能让这个梦停止？

过往的一幕幕如电影慢镜头般在眼前闪过，她想到白墨缘为自己过生日的情形以及自己为他过生日的情形，想到一年又一年，那么多个日子，他们都在一起。她跟随着白墨缘的脚步，念了同一所小学、同一所初中、同一所高中、同一所大学，虽然他一直都高自己几届，但是这一切都不影响她想去白墨缘所有去过的地方，呼吸着他呼吸过的空气。

这样美好的梦境，却被萧彬残忍地打碎，他的声音在此刻显得格外清朗："你也明明知道，你心里的那个人，他心里并没有你，而是藏着其他人。"

他的话如同一把利刃狠狠地刺中了阎怡的胸口。是的，白墨缘心里只有沈珞瑶，她曾经最要好的朋友，如今想起她，阎怡总觉得胸口还有一阵夜风吹过的凉意。

萧彬放下瓷碗，轻轻拉住阎怡的手，不容她回避。阎怡看着他，萧彬的眼神坚定不移："要不，我们试试看？忘记你心中那个不可能的人好吗？我会用我全部的生命来爱你！"

阎怡愣了一下，这样的誓言，她曾经幻想过无数次，幻想着有一天白墨缘能拉着她的手，跟她这样告白，可如今，告白是有了，可告白的对象却不是一直以来期待的那个人。

萧彬越靠越近，在他的注视下，阎怡的心就像是风中乱舞的芦苇一样摇摆不定。直到萧彬低头吻住她的唇，那触感就好像是花瓣落在手心里，轻柔又微凉，阎怡只觉得脑海里轰轰作响，仿佛有一架从低空掠过的飞机从耳朵旁边飞了过去，大脑一片空白……

萧彬的吻越来越热烈，他的呼吸也越来越烫，阎怡抬起手，往前推了推，可是那力道对于他来说似乎构不成任何威慑。

透明的光在他们周围跳跃，阎怡不明白自己为什么没有决绝地躲开，是对萧彬有感觉吗？还是想借此机会来忘记白墨缘，开始一段新的生活？

与此同时，病房的门口，有个身影微微踯躅了一下，他的注意力被这间病房的门牌吸引了，因为上面写着一个人的名字——阎怡，这就足以让他的脚步停顿下来。

他身旁西装革履的年轻男子也跟着停下脚步，抬手抚了抚鼻梁上的无框眼镜，回头看着他，问："墨缘，怎么了？"

白墨缘没有说话，他身旁的男子顺着他的视线也看向了门牌处，神情不由得有些诧异："阎怡？她住在这里？"

白墨缘沉默了许久都没有说话，如同一尊静止的雕像。

他身旁的男子暗暗打量了一番他的神色："你们最近是不是出什么问题了？"

"慕谦，这不关你的事。"白墨缘看了他一眼，苍白的面容上闪过一抹异样的神色，似乎内心正在做某种激烈的斗争。

慕谦用胳膊肘碰了碰他："你不进去看看吗？"

白墨缘摇摇头："应该不是她，她不可能住在这里。"

慕谦用眼角余光又扫了一眼病房的门牌，暗暗思忖着。这时已经重新迈开脚步往前走的白墨缘在前方喊道："走吧，不要让陈医生等久了。"

慕谦连忙跟上去，两人一前一后走着，四周的一切仿佛都随着他们的步伐依次剥落，褪色成惨淡的虚无……

02

三天后，阎怡办好出院手续准备回校，萧彬却拉住了她："回学校之前，我先带你去一个好地方。"

阎怡跟着他上车后，侧头看着车窗外飞驰而过的景物，好似一去不复返的流年，不由默默出神。可随即她发现眼前的景色越来越熟悉，于是扭过头看着萧彬，问："你要去半淞坡？"

萧彬笑了，俊美的面容上泛着一层柔光："真聪明！今天晚上在那里有十年一遇的美景。"

"十年一遇的月全食吗？"阎怡说完偏过头，再次看向窗外。沿路的景物像是电影布景般朝身后卷去，关于白墨缘的记忆却如涨潮的潮水般开始复苏。

记忆真的是一个很奇怪的东西，有时候越是想忘记，越是记得比任何时候都要清晰。十年前的往事从眼前一幕幕闪过，每一幕都是关于白墨缘的，它们交叠在一起，争先恐后地袭来。阎怡握紧了双拳，指甲深深地掐进了肉里。

十年前，阎怡和白墨缘都还是十几岁的少男少女，青梅竹马、两小无猜。那天夜里，他们一起来到半淞坡，阎怡还记得那天很冷，她和白墨缘坐在草坪上，两人依偎在一起，合二为一的背影笼在清寒的月色里，天边是十年一遇的粉色圆月，犹如一盏浪漫的明灯。

阎怡在月下许了一个愿望："我希望从现在开始，墨缘哥只疼我一个人，对我说过的每一句话都要真心，永远不要骗我，更不许欺负我，如果有一天我被人欺负了，墨缘哥要第一个站出来帮我。"

听着她的愿望，白墨缘忍不住望着她，笑出声："那迎雪呢？她可是我亲妹妹。"

阎怡微仰着头，嘴角边带几分俏皮的笑意："我们可以一起疼她。"

"你真傻。"白墨缘捏着她的鼻尖，神情宠溺。

阎怡一脸憧憬地笑了："墨缘哥，十年后，我们再来这里看月全食，好吗？"

白墨缘笑着点头："你说好，就好。"

这是他对她的承诺，一直在阎怡的耳畔轰鸣、回荡，如同烙印般，在她的灵魂深处留下永远无法磨灭的印记。

这就是记忆中的白墨缘，对她温柔而又宠溺。白迎雪曾经说过，白墨缘对阎怡的宠爱是没有原则的，不会计较她的过错，不理会她的任性，让她这个亲妹妹看了都会吃醋。以前阎怡听到的时候，总是会矫情地摇摆着手说哪有哪有，但心里美滋滋的。

记忆中，白墨缘从来不会爽约，每一次阎怡约他，他总会提前赶到，无

论是起风还是下雨，无论是等一个小时，还是十个小时，他都会一直等她。

那个时候，阎怡坚定地相信着白墨缘。

如果，如果没有沈珞瑶介入……

记忆被风吹散，间隔十年，再次来到半淞坡，阎怡看着熟悉的景致，觉得好像是一个被真实割裂开的梦境。这一带的视野依旧开阔，眼前是茵茵绿草，远处是城市的灯光，仿佛是夜空中璀璨的星河。一样的场景不免让她产生时间颠倒的错觉，她扭头看着身边的人，早已不再是那个温润如玉的白墨缘。

风吹草动，树木的清香夹杂着泥土的气息迎面扑来。

十年后的这次月全食，白墨缘爽约了，他背叛了她对他的信任，阎怡的心里像是插进了一把尖刀，又冷又痛。

萧彬走过来，伸出手臂搂住她，阎怡被迫紧贴在他胸前，听到他用低沉的声音轻声问："怎么了？"

她扯了扯唇角，露出一抹淡淡的无奈："只是矫情地想到了一些往事。"

萧彬愣了一会儿，但很快又笑出了声。

阎怡仰头看着他，问："你笑什么？"

萧彬笑着说："你坦率得真可爱。"

阎怡也笑了起来。

月色静谧，银灰色的流光倾泻在他们身上。

回去的时候，已经很晚了，萧彬将阎怡送到宿舍楼前。这原本应该是校园最常见的一景，阎怡却有些莫名的羞怯。她抬头看着萧彬，他站在路灯下，昏黄的灯光映出他立体的五官轮廓，犹如古希腊的俊美雕塑，只是静静站在那里就有一股独特的魅力。萧彬也低头看着她，朦胧的灯光笼罩在他们周围，画面唯美而生动。

萧彬先笑了："你看什么？"

阎怡凝望他，眼神平静："这几天，谢谢你了。"

萧彬深深地看她一眼："没事。过两天我再找你，上次说给你介绍实习工作的事情已经准备好了，你随时可以去，不过我希望你再多休息两天，身体完全恢复了再去。"

阎怡点点头，表示接受他的好意，她问："你说的是哪家公司？"

萧彬说："Magic。"

"娱乐帝国'Magic'？"阎怡的目光中满是惊讶。要知道"Magic"可是娱乐圈排第一的家族企业，阎怡虽然不追星，但是也一直深知这家企业的厉害，没想到萧彬竟然有办法将自己带到这样的公司里去实习。

阎怡问他："你也在里面实习吗？"

萧彬想了想，似乎是犹豫了一会儿才答："可以这么说。"

"你是怎么进去的？我记得……"阎怡的舌尖突然就打了结，她准备说她记得白墨缘也是在这家公司任职高级法律顾问。还记得大四开学之前，阎怡就曾摇着他的手臂央求他帮忙，让自己进"Magic"实习，却遭到了白墨缘的拒绝，她当时还很生气。

想到这里，阎怡的表情变得有些不自然。

萧彬似乎瞧出了一些端倪，他的声音放得更加轻柔："快点回去休息吧。现在入秋了，晚上很凉，你刚刚康复，不要又生病了。至于实习的事情，下次我再跟你详细介绍。"

他好像每次都能准确无误地猜到自己的心事，阎怡突然有些感动，她点点头，冲萧彬摆摆手，转身走进宿舍楼。

萧彬没有即刻离开，他一直站在宿舍楼门口，看着阎怡远去的背影，微眯起眼睛，脸上的表情被路灯照着，显得朦胧而虚幻……

03

阎怡走上二楼，却在中途突然停下了脚步。在这一层尽头就是她和沈珞瑶一起住过的寝室，如今再进去，会是一个怎样的场景？

怔了许久，她才重新迈步一步步走过去。就好像走在一条漫长而黑暗的地道里，她似乎被一股巨大的黑暗压住，呼吸都变得困难起来。阎怡在寝室门口徘徊，她怎么都不愿意打开这扇门。就在她犹豫不决的时候，寝室的门被人从里面打开，那一瞬间，冷风扑了过来，出现在阎怡眼前的寝室一片幽暗，仿佛长满了隐匿在森林深处的潮湿青苔。

从里面走出来的人露出微微惊讶的表情："你回来了。"她是李悦莹，和阎怡、白迎雪、沈珞瑶一起住在这间寝室的女孩。

"悦莹。"阎怡咽了一口唾沫，微笑着打了一声招呼。

李悦莹点点头。她是一个安静内向的女孩子，鼻梁上架着一副高度近视眼镜，用白迎雪的话来说，李悦莹就是学霸中的战斗机，宿舍的透明人。虽然四个女孩子一起生活了三年多，但是感情远远比不上阎怡、白迎雪和沈珞瑶三个人深厚。

阎怡看了一眼她手边的拖箱，疑惑地问："悦莹，你要搬出去住吗？"

李悦莹点点头："我被保送读研究生，这段时间又联系到一家公司去实习，有点远，所以要搬出去。"

阎怡也点点头。两个人相互看着，阎怡突然意识到，虽然跟李悦莹一起住了三年多，可这还是她们第一次单独讲话，气氛略显尴尬。

李悦莹让出门前的位置，说："要不要先进去坐坐？"

阎怡问她："你现在不急着走吗？"

李悦莹说："我原本打算和你跟白迎雪说一声再走，可是打她电话一直没人接，你的电话号码我也不记得。"

阎怡也不知自己究竟是怎么了，竟然很舍不得她走，于是挽留道："要不你再坐坐吧，我们说说话，下次见面还不知道什么时候呢。"

李悦莹点点头，也颇有感慨似的开口道："我没有什么朋友，也就是你们三个，只是没有想到沈珞瑶居然就这么走了。"

提起这个熟悉的名字，寝室里的气氛一时间凝滞。

阎怡低头摆弄着手机，努力想装作没事人一样，可眼角晶莹的泪出卖了她真实的心情。

李悦莹将拖箱放在宿舍门口，走进来时顺手按下了门前的电灯开关，房间里再次变得光明。突然出现的亮光刺痛了阎怡的眼睛，她假装伸手去挡，趁机悄悄擦掉了眼角的泪水。

李悦莹挨个打量了一遍宿舍的床位，忍不住叹息了一声："以后可能就只有你和白迎雪一起住了。"

"是啊。"阁怡绽开一抹牵强的笑。

不知道是不是因为要走的缘故，还是因为感慨如今的宿舍已经物是人非，今天的李悦莹话特别多。阁怡有一搭没一搭和她交谈着，打开衣柜拿出一些换洗的衣服走进浴室，准备好好洗个澡。李悦莹也跟到了浴室门口，靠在那扇关上的门前说："不过白迎雪估计也住不久，之前就听她说，可能这学期要搬到她男朋友那里去。"

阁怡愣了一下："男朋友？她有男朋友了吗？"

李悦莹也很惊讶："你不知道吗？她的男朋友条件还不错呢，据说是'Magic'的唯一继承人。"

"你是说娱乐帝国'Magic'？"阁怡在浴室里一边脱衣服，一边皱紧了眉头。短短一个晚上的时间，竟然有两个人跟她说起这家公司的名字。

李悦莹在门外应了一声。

阁怡隔着一扇门，在浴室里面嘀咕着："这么大的事情怎么没有听她说过，那个傻丫头还想瞒着我。"

隔音效果不好，李悦莹听得清楚，她笑了笑："估计是担心你跟她哥哥说吧，怕她哥哥不答应。"

阁怡伸手扭开热水器的动作顿了一瞬，李悦莹显然还不知道沈珞瑶抢走白墨缘的事情，更不知道她和白墨缘之间现在已经不再像以前那般亲密无间了。她默默地打开热水管，温热的水流下来，浴室里渐渐热了起来，四周慢慢充满了潮湿的白雾。她站在喷头下，黑色直发已经湿透，凌乱地披在肩头。她闷闷地盯着白色的墙，脸上没有任何表情。

李悦莹却仿佛没有察觉到她的异样一般，继续兴致勃勃地说下去："说起迎雪的男朋友，他也是咱们的校友，说不定你以前还见过。"

"是吗？"阎怡心不在焉地应了一下。

李悦莹说："他叫萧彬。"

"萧彬？"听到这个熟悉的名字，阎怡瞬间只觉得脑袋轰隆作响，"你说哪个萧彬？"

"就是那个高高帅帅的萧彬，比我们高一届的学长。"

在李悦莹说这句话的时候，阎怡用力一扭，关上了热水器。浴室里安静得只有"滴答滴答"往下滴水的声音，她清楚地听明白了李悦莹的话。

白迎雪的男朋友是……萧彬！

世界仿佛在一瞬间被消音了，难道说……自己也做了沈珞瑶当初做过的事，成了白迎雪和萧彬感情世界里的介入者吗？

刹那间，一种巨大的羞愧感将阎怡吞没了。

空气安静得让人窒息。

阎怡皱着眉头思前想后，她没有料到萧彬是Magic娱乐帝国的少爷，难怪他看起来那么有钱，难怪他说可以介绍一份在Magic的实习工作给自己。可是，他真的是白迎雪的男朋友吗？她的眼睛里闪过一丝将信将疑的神色。

门外的李悦莹还在继续说："好像他们都有三年了。"

三年？也就是说，去年萧彬第一次向她表白的时候，他就已经在跟白迎

雪交往了？阎怡的心弦顿时紧绷起来。

从去年樱花盛开的时候开始，关于萧彬的一切都好像在一瞬间变成了剪接的电影镜头，一幕幕从眼前闪过。

阎怡就像被人施了定身术，整个人一动不动，仿佛失去了灵魂的木偶。

时间一分一秒地过去，发尖的水珠落下，滴在她的身上，就如同尖锐的刺，扎进她的皮肤里，令她不禁打了个冷战。

如果萧彬是白迎雪的男朋友，他为什么要跟自己告白？还一而再再而三地告白！为什么白迎雪从来都不跟她说这件事情？难道是李悦莹弄错了？她忍不住又抱有一丝侥幸，就好像当初她发现沈珞瑶和白墨缘的关系一样，她也幻想着是自己弄错了！

见里面许久没人应答，李悦莹在门外轻轻敲了敲："阎怡，你有在听我说话吗？"

"嗯，在，在听。"阎怡说话都不利索了。强烈的窒息感禁锢了她的喉咙，她的手抖了抖，有一种难以言喻的慌乱。为避免让李悦莹从自己的声音中听出异样，她重新打开热水管，喷涌而出的水好像一根根细密的刺，直插进她的头颅，让她疼痛不已。

事情怎么会变成这样？

阎怡从来没有想过在短短的几天里，沈珞瑶的事情竟然会在她身上再次上演，当初沈珞瑶也是这样的吗？她也会这样纠结、这样痛苦吗？

阎怡闭了下眼睛，握紧了拳头，似乎拼尽了全身的力气。淋浴喷头里飞溅出来的水如同暴雨从天空倾洒，轰鸣，震得她耳朵发麻，她已经听不见李悦莹在说些什么……

直到门外再也没有声音，阎怡才关掉热水管，拿过毛巾擦着湿漉漉的身子，她的眼底仿佛弥漫着雨后的雾气。过了好久，她才穿好睡衣出来，整个人失魂落魄的，似乎刚刚经历了一次巨大的打击。她发现李悦莹已经走了，寝室的门也被关上，空荡荡的房间如今只剩下她一个人。

一时间，各种思绪都飘进阎怡的脑海。萧彬、白迎雪、沈珞瑶和和白墨缘，他们五个人就好像是站成了一个怪圈，明明都是彼此最亲密的人，却做了最伤人的事情，这种伤害和痛苦防不胜防，就好像是心底最脆弱的地方被人一刀一刀地剜空。

不知不觉夜已深，A大已经陷入寂静。

阎怡走在门前，关上寝室的灯，爬上床，钻进毛毯里，可刚刚睡着她又很快惊醒过来。她躺在床上，望着头顶的黑暗，有种莫名的恐惧。于是她干脆翻身坐起来，突兀的寒冷将她包围，明明是9月，怎么比严冬还要冷？

身体不可抑止地发抖，她爬起来，拿起开水瓶，泡了一碗方便面，吃下去，身体或许能感受到一点儿温度。然而，一波波翻涌上来的恶心感刺激着她的喉咙，阎怡捂着嘴冲向洗漱台，将刚刚吃下的食物全数当成秽物清空。看着从水管里流出的清水，她的脑海里有一瞬是空白的，只能用手指死命捏住洗漱台的边缘，以确保自己不会因为痛苦而颤抖。

宿舍里安静得过分，透着一股死气沉沉的味道。

阎怡擦干了嘴，摇摇晃晃地回到自己的座位旁打开电脑，播放着QQ音乐。她要让声音来充盈这个空荡荡的房间。然后她紧紧抱住自己泛凉的身体，缩在床角，怔怔地出神。

　　整整一夜，阎怡都没有合眼，因为她一旦闭上眼睛，就想到了沈珞瑶，她是阎怡见过的最美丽的女孩，她有一双勾人的眼睛，她勾走了白墨缘！这是阎怡至今都无法接受的事情。而现在不管是否出于本身的意愿，她也即将做出同样背叛朋友的事情！她自己也成了别人感情里的插入者！

　　手指握紧，掌心被掐得生疼，她是阎怡，不是沈珞瑶，她不能任由事情朝错误的方向发展下去。

　　所以，她要找到白迎雪！一定要找到她，问清楚事情的真相。

第三章

想　要　得　到　幸　福

01

这大概就是命吧，以为幸福离自己很近，可每每触手可及时，它又飘然离去。

迎来天亮，阎怡拨打白迎雪的手机，却始终没人接听，无论她打多少次，都是一样的结果。阎怡开始有些心虚，是不是白迎雪知道了什么？她知道了萧彬移情别恋？她会误会是自己抢走了萧彬吗？

心像要从喉咙里跳出来似的，她忽然又想到昨夜李悦莹说过，她也一直联系不上白迎雪，阎怡的心中又生出了一丝担心，难道白迎雪出事了？

她再次拿起手机，熟练地输入白墨缘的手机号码，却纠结着，迟迟不按下通话键。她原本是不想再去联系他的，可挣扎片刻后，她终于鼓起勇气按了下去。电话响了好几声之后才传来他的声音，只是电话那边一片嘈杂。

阎怡问："你知道迎雪现在在哪里吗？"

白墨缘说："在我这儿。"

阎怡就此挂掉电话，她的心底仿佛有一股悠长的回声，她不敢再跟白墨缘多说一句话，她甚至都不知道刚刚那通电话到底是不是真的接通过，她只知道她拿着手机越久，心里就越惶恐。

早晨的A大非常安静，只有树叶被风吹动发出沙沙的轻响，空旷的街道上行人很少。阎怡一路奔跑，只觉得脸被早晨的秋风吹得生疼生疼的，但是只有不断地奔跑才能抑制记忆深处即将喷涌而出的往事，只有在极度疲惫之下，身体才会是麻木的，只有麻木了，才不会陷进过往的回忆里。

赶到地铁站时，她的心跳又快又急，她一边拼命喘气，一边扶着电梯扶手往下走，连指尖都是颤抖的。她看着熟悉的地铁站，就好像有谁扯着她的记忆飞速地往回跑，在这里，有着太多太多她跟白墨缘的回忆……

那是白墨缘考进A大的第一年，也是9月，同样是地铁站。

白墨缘将阎怡接到A大来玩，他们站在电梯上的时候就听见了地铁进站的广播，两个人开始狂奔。当他们到达站台时，地铁正好进站，白墨缘一个箭步冲进车厢。跟在后面冲进去收势不及的阎怡跌进了他的怀里，耳朵的位置正好贴在他的胸口，听见了他又快又急的心跳声。

阎怡吓了一跳，下意识地抬起头，正好撞进白墨缘的视线里，两人对视了数十秒，直到旁边的人不小心推撞到他们，他们才收回了视线。

阎怡靠在他的怀里，摸了摸发烫的脸颊，声音细如蚊蝇："墨缘哥，人太多了。"

"嗯。"白墨缘应了一声，立即伸手护着她。

阎怡低着头，不敢抬头看他，只感到自己心跳如擂鼓。

曾经的怦然心动，如今却徒留伤痛。阎怡看着空荡荡的地铁站，郁郁寡

欢地苦笑着。

广播里预报地铁即将进站，阎怡在站台上等候着，地铁很快缓缓驶进站台并停了下来，她走进去，找了一个空位坐下。

直到站在白墨缘家楼下的时候，阎怡才有些回过神来。她呆滞地望向第十八层楼，阳光照射在白家的窗户上，发出强烈到让人无法逼视的光芒。阎怡还没有想清楚，待会儿要是见到白墨缘该说什么？见到白迎雪时，又需要跟她说些什么？问她是不是真的有男朋友了？还是直接问她跟萧彬是什么关系？

脑海中思绪万千，仿佛有无数个想法，乱糟糟的。最后阎怡鼓起勇气走进电梯，封闭又狭窄的环境令她感到一丝不适，但很快她就听到"叮"的一声，电梯到达了第十八层。

阎怡忐忑不安地走出来，在混乱的情绪下，她站在了白墨缘的家门口。

时间仿佛在此刻凝固，走廊尽头的窗外有阳光倾泻进来，投射到走廊的地面上。她感觉到自己的心跳得很厉害，她不知道自己是在害怕面对白墨缘，还是害怕面对白迎雪？

她刚准备抬手敲门，却被从门里面传来的巨大吼声惊得定住了身形——

"你到底有没有把我当你的亲妹妹！"

这是白迎雪的声音。虽然隔着一扇门，阎怡还是能感觉到她的愤怒，她叫嚣的声音像尖锐的刺，这还是那个可爱乖巧的白迎雪吗？

阎怡很震惊。

"从小到大，你从来都没有当我是你的亲妹妹，你从来都没有真正关心过我！"白迎雪的声音到了最后似乎有些哽咽。

长久的沉默之后，阎怡才听见白墨缘开口，他说："对不起，以后我会补偿你的。"

"补偿？"白迎雪的声音带着冷笑，"你拿什么补偿？"

白墨缘又沉默了。

他的沉默换来了白迎雪更歇斯底里的吼叫："为什么每次到了这种时候你都不说话！"

"该说的我都说了，我不知道还能说什么。"白墨缘的声音充满了无奈与苍凉。

白迎雪听了似乎更气了："你对阎怡就不会这样，你从来都会耐心地哄她！怎么到我这里，你就是这种敷衍的态度！"

白墨缘依然没有说话。

阎怡有些担忧。这还是她第一次听到他们兄妹这么激烈地吵架，究竟发生了什么？

白迎雪妒火中烧，她闷哼一声："我知道，即便是沈珞瑶，她也丝毫撼动不了阎怡在你心目中的地位。"

阎怡心头一跳，白迎雪这句话是什么意思？

却听到白墨缘压低了声音说："小雪，不要闹了好吗？我这么做也是为你好。"

"为我好？"白迎雪冷笑一声，"你就是个自私鬼，你胆小、懦弱，你明明喜欢阎怡，但是你从来都不敢说！"

阎怡的神情更加错愕，一时间愣在当场。这时房门被人猛地从里面推开，低着头冲出来的白迎雪差点撞上了站在门口的阎怡，两个人都吓了一跳。

这一刻安静得连呼吸声都没有了。

阎怡满脸惊讶地看着面前浓妆艳抹的女孩，心里充满疑惑。这是白迎雪吗？她会化着浓妆，涂抹浓烈的黑色眼影？那个清纯干净得如同百合花的女孩去哪里了？

白迎雪看着她，狠狠地瞪了她一眼，眼神里流露出的是一股压抑不了的怨恨和妒忌。

这眼神让阎怡产生了一种莫名的恐惧，这种恐惧来自灵魂深处。这不是白迎雪应有的表情，阎怡认识了她那么多年，她从未用这种眼神看过自己！或者，她是不是知道了什么？

"怎么了？"阎怡小心翼翼地问。可她问这句话的时候，舌尖似乎有些打结，她不由自主地想到萧彬，想到萧彬的告白，这个时候，她深深地觉得自己对不起白迎雪。

兴许是阎怡心虚的缘故，气氛尴尬极了，白迎雪也没有像以前一样，亲密地拉着她的手叫她"怡姐姐"。

阎怡皱起了眉，究竟是从什么时候开始？为什么一切都好像突然之间就变了？

白迎雪看着阎怡的眼神变得很复杂，她似乎有很多话要说，可最后，她一个字也没有讲，就匆匆转身要离开，却被阎怡一把抓住："是不是出什么事情了？为什么这几天你都不接电话？"

白迎雪的身体明显僵硬了，整个人就像一只受伤的小鸟，她似乎在害怕着什么。可下一秒，她就愤怒地一把挥开阎怡，迅速离去。

阎怡急急地大叫一声："迎雪，到底出什么事了？"

可是白迎雪头也不回地跑了。

今天究竟是怎么了？以前不管出什么事情，白迎雪都会跟自己说的，最近是怎么了？阎怡不解地皱着眉头，心里充满了烦躁和不安。

时间一分一秒地过去。

阎怡没有去追白迎雪，白墨缘也没有出来。走廊上安安静静的，阳光下的粉尘颗粒顺着呼吸进入阎怡的身体，在她的喉咙深处刮擦。

02

"即便是沈珞瑶，她也丝毫撼动不了阎怡在你心目中的地位。"

当阎怡听到这句话的时候，她的心立即被一阵难以言喻的悸动包裹住了。她没有去追白迎雪，这一刻她无暇再去想萧彬和白迎雪之间的事情，她的视线凝聚在客厅里的那个身影上。白墨缘坐在沙发上，背对着她，窗外的阳光倾泻在他的身上，给他染上一层淡淡的金辉，他的背影就好像一副淡淡

的水墨画，好像永远都不会散去。

阎怡的心中蔓延出一种说不出来的复杂情感。

白墨缘，他真的喜欢自己吗？她深吸一口气，眼中有某种情绪在慢慢沉积。她缓步走进去，并顺手关上了房门。

这屋子阎怡再熟悉不过，客厅里的钢琴是白墨缘十八岁时他妈妈给他买的。阎怡还记得那天白墨缘带她来玩，说要给她一个惊喜。她看着他在钢琴前坐下，窗外的阳光像此刻一样倾泻了满屋光华，白墨缘穿着洁白的衬衣，神态宁静地坐在黑色钢琴前，那一刻，他仿佛是万众瞩目的大明星。

白墨缘的指尖触及琴键，开始很轻，如斯温柔，仿佛月下泉水一样清幽的音符在他的指尖下跳跃。不经意间回头，他的视线与阎怡的目光触碰，嘴角立即溢出一抹微笑。琴声突然高涨起来，汹涌澎湃，仿佛是凝聚高潮的热情，让阎怡如品佳酿般深深地沉醉其中。

这是阎怡独家的记忆，那一刻，她静静地看着他，能听到自己胸腔里"怦怦"的心跳声。

第二天就是白墨缘的生日，阎怡送给他一幅画，画中的白墨缘就像童话故事里的王子，坐在钢琴前微微笑着，仿佛天地间最璀璨的星光都映入他的眼睛。如今这幅画还摆在钢琴上，过了这么多年，就连纸张都泛黄了，他依旧摆在上面。是否真的如白迎雪所说，他真的喜欢自己呢？

阎怡心底的希望如同春天的野草般蓬勃生长，她走到客厅的窗前打开窗户。风从窗户外吹来，带着舒爽的气息。她又转身去厨房烧水、冲咖啡，娴熟的动作就好像这个家的女主人一样。

当她端着咖啡放在白墨缘面前的玻璃茶几上，她整个人仿佛重获生机似的，笑容热情又明亮："墨缘哥，喝咖啡。"

白墨缘没有应声，宛如一尊雕像。

阎怡微笑着补充道："按你的老习惯，没有加糖。"

可白墨缘还是没有说话。

阎怡看着他紧紧抿着的双唇，突然生出一种害怕，她渐渐收敛笑容，端着另外一杯咖啡坐在白墨缘的面前，却良久都没有喝一口。

两人一时都安静下来。

这样的沉默令人害怕。终于，还是阎怡按捺不住先开口问道："墨缘哥，你们刚刚在吵什么？"

"和你没关系。"白墨缘冷淡地吐出这样一句话，就像千万把刀子一下子剜进了阎怡的心里。他怎么会对她这么疏离，这么不耐烦？这不像是她认识那么多年的墨缘哥啊……

他是在闹脾气吗？

阎怡佯装生气地将咖啡杯重重地往茶几上一搁："墨缘哥，你到底是怎么了？为什么最近你们都变了，你告诉我好不好！"她的语调听起来有些像是在撒娇，若是放在往常，白墨缘一定会靠过来，捏着她的鼻尖，宠溺地哄着她。

可是这次不一样，白墨缘连眉毛也不抬一下，闷闷地端起咖啡喝了一大

口，还是一句话都不说。

阎怡突然间觉得莫名心烦，心里冒出火花，她一把夺过白墨缘手里的咖啡杯狠狠地摔在地上："不要喝了！我在跟你说话，你到底听到没有？"

白墨缘静静地抬起头，看着她，眼里是阎怡完全读不懂的神色，他说："迎雪跟我的事情，是我们家里的事，跟你没有关系，你也不要在我这里胡闹，免得影响了邻居。"

他的话如同天地间最尖锐的啸声朝阎怡铺天盖地席卷过来，她目瞪口呆地看着对面熟悉的人，目光中全是讶然。

这是白墨缘吗？

这些冷冰冰的话是他说出来的吗？

阎怡有些错愕地看着白墨缘，正巧他也在看着她，只是目光不复往日的柔情，而是仿佛在看一个陌生人。

这次的对视就像是一整个世纪般漫长，阎怡心里牵引出一阵强过一阵的疼痛感。

他变了，他变了！他怎么能这样！

阎怡咬住嘴唇，心里就像被无数根针用力扎着，痛楚遍布全身的每一个毛孔。

"你把东西收拾一下。"白墨缘的声音平淡至极，难辨喜怒。

阎怡看着满地的碎瓷片愣了一下，这是以前白墨缘从来都不会说的一句话。有一次她不小心打碎了瓷碗，她想抢着收拾，却因此不小心扎破了手指，鲜血很快就渗出来，白墨缘着急地跑出去买药膏，回来的时候，额头上已经渗出了细密的汗珠。

阎怡问他："去哪里了？"

白墨缘告诉她："前面三条街上的药店。"

阎怡当时就忍不住哈哈大笑："墨缘哥，你好傻，楼下小卖部就有创可贴。"

"可是没有酒精啊，划破的伤口怎么能不用酒精消毒呢？万一出事了怎么办？"白墨缘取出酒精和棉签，在她面前蹲下，仔细地看着伤口，用棉签蘸着酒精，小心翼翼地擦着她手指上的伤口。

阎怡瞅着他认真的表情，笑得像花儿一样："墨缘哥，其实你跑出去的时候，我就已经用毛巾把血止住了。"

白墨缘没有说话，他聚精会神地继续为她清理伤口，最后撕开创可贴，轻轻贴在她的手指上。阎怡看着他，窗外万缕阳光洒在他的身上，温暖的景致让她的脸颊也不自觉地染上了淡淡的红晕。

可是这次……

客厅里一片寂静。

阎怡委屈地蹲下身来，独自捡着碎瓷片，一片又一片，似乎永远都捡不完，突然之间，一滴鲜红的血落在视线里，她的手指被碎瓷片割破了。她忽然有种想哭的冲动，不知道是不是十指连心，被割破的手指好像直通往心脏，那一滴滴落在地上的血就好像是从她心里流出来似的。

眼睛酸涩得厉害，眼泪很快决堤，就像湖水般涌了出来……

"还是我来吧。"白墨缘终于站起来，一双手扶住她。看着这样的阎怡，他微微失神。

阎怡哭得毫无顾忌，滚烫的液体几乎要将白墨缘淹没。他皱紧眉头，拥着她柔软微凉的身体，扶着她在沙发上坐下，自己则捡起碎瓷片，倒在垃圾桶里。

如果是在以前，白墨缘一定会手忙脚乱地擦着她的眼泪，一定会用双臂紧紧抱着她，仿佛是用整个生命拥抱她，可如今呢，他丢下阎怡一个人哭泣。

房间里的空气就像凝固成一块块铁片，生冷而坚硬。稍微动一下就觉得疼得要命，阎怡哭着说："我控制不住自己……"

白墨缘蹲在地上，擦拭着地板，他的目光越来越深邃。

阎怡哽咽地带着颤音问："墨缘哥，你到底有没有喜欢过我？"

白墨缘闭了闭眼，努力忽略心底的颤动，过了好一会儿，才从嗓子里艰难地挤出——

"没有！"

伴随着这句话，阎怡的整个世界仿佛轰然倒塌了。

窗幔被风高高吹起，一股冷风蹿了进来。

阎怡咬住嘴唇，手脚冰冷。

白墨缘的话应该是意料之中的答案，可是当最后一点儿希望都完全破灭的时候，阎怡有种茫然无措的感觉，她宁可活在幻想里，回忆着他们的过去，幻想着他们的未来！

可白墨缘偏偏要残忍地打破她的梦境，他告诉她："我一直以来就只当你是妹妹，像迎雪一样。"

他每说一个字都逼迫得阎怡快要喘不过气，那种蚀骨穿心的痛让她几乎站立不稳，她咬牙又问："那沈珞瑶呢？你真的喜欢她？"

"……是，我喜欢她。"

好像世间所有声音都戛然而止，房间里一片寂静。

阎怡僵硬地站着，默默承受着从内心深处传来的重重撞击。

"如果没事，请你回去吧。"白墨缘的脸色变得冷冽而深沉。

阎怡紧紧地咬着嘴唇，嘴唇很痛，喉咙也火辣辣的痛起来，她大声质问他："你为什么要这样对我？你明明知道我喜欢你，你明明知道沈珞瑶是我最好的朋友，你为什么偏偏要喜欢她？"

白墨缘又沉默了。

他难道不知道有时沉默是世间最可怕的事情吗？阎怡心痛极了。

白墨缘站起来，大概是蹲在地上太久的缘故，他的脸色有些发白，突然之间脚步一顿，然后他猛烈地咳嗽起来，直咳得弯下腰去。那声音激烈得好似翻天覆地一般，阎怡直觉他会因为咳嗽喘不过气来。她吓了一跳，忘了自己原本是在生气，急忙走过去扶着他："墨缘哥，你怎么了？"

白墨缘却用力推开她："你走吧，我想一个人静静！"

他的动作很重，弄疼了阎怡。

阎怡的表情顿时僵住，她深呼吸着，可就是这么一个简单的动作却扯得她全身每一段神经都在疼痛，最后尖锐地刺破她的五脏六腑，渗透进骨髓深处。

他变了，他果然变了！

阎怡觉得她的世界陷入一片恐怖的幽暗之中。

他早就已经不再需要她了！他已经开始嫌弃她了！

阎怡伤心欲绝地瞪着他，双手暗暗握紧，她努力克制住来自心底的绞痛，决绝地转身甩门离开了！

03

这个世界光怪陆离，每一天，在同一个时刻、在不同的地方，或许有两个人在做同一件事情，命运就是如此巧妙，将一切都攥在手心……

萧家别墅，萧彬正靠在沙发上，将酒杯里的白兰地一口喝尽。与此同时，从白墨缘家里出来的阎怡走进了酒吧，准备一醉方休。

放在茶几上的手机传来一阵震动，萧彬拿过来点开一封邮件，眼神立即出现了细微的变化，眼底的光好似幽冥间不熄的烈焰，很快，他起身快步出门。

这是阎怡第一次来酒吧，台上歌者声嘶力竭地表演着，面前的酒芬芳馥郁。她已经不记得自己到底喝了多少瓶，只知道不断地嚷嚷着要继续喝。原来醉生梦死的感觉是没有烦恼的，更不会有痛苦，她喜欢这种感觉，所以她还要继续喝下去。

男人是什么？朋友是什么？爱情又是什么？

这些都跟她没有关系，她才不要去在意白墨缘究竟有没有喜欢过她！她才不要去在意沈珞瑶的死！她才不要去在意白迎雪是不是遇到了什么事情！她才不要在意自己是否也做了别人感情里的介入者！阎怡醉眼蒙眬地看着酒吧里喧闹的场景，不知不觉间，她居然有点喜欢这种感觉。

她拿着酒瓶走进了舞池，酒吧里灯光昏暗，舞台上歌者疯狂地唱着摇滚乐曲，阎怡伴随着音乐开始舞动。因为酒醉，她的舞步越来越狂野，一次快速转身的时候，手中的酒瓶飞了出去，她也跟着倒了下去。就在身体要落地的时候，一只手臂及时从旁伸出，揽住了她纤细的腰肢，将她拉到胸前。

阎怡醉眼蒙眬地看着他："你是谁啊？"

"萧彬。"他介绍着自己，目光幽暗而专注，不像是在凝视阎怡，仿佛是在端详着一个陌生人。

"你来做什么？你也是来喝酒的吗？"阎怡开始傻笑着说胡话。

"又是因为白墨缘吗？"萧彬的声音听起来波澜不惊。

阎怡看着他，隐隐约约觉得自己听见了"白墨缘"这三个字，胸口突然就抽痛起来，如同针扎般的痛楚蔓延到全身。

"我们回去吧，明天醒来就会没事了。"萧彬扶住了她。

阎怡看着他，只觉得他脸上温暖关切的神情好熟悉，熟悉得几乎让她的

眼中迅速涌出泪水。她又想到白墨缘，为什么明明已经醉了，还是会想到他呢！

萧彬抱紧了她，他的目光好似他身后的彩灯一般迷离："跟我回去好吗？"

阎怡趴在他的怀里，点点头。

这一天似乎特别漫长，从酒吧里出来的时候已经是深夜，萧彬开车回去，阎怡歪在副驾驶座上。她头痛欲裂，看什么都像是出现了幻觉，车窗外是一派夜色朦胧的景致，天边的月光好像被拉得无限漫长。

到了萧彬的家里，他横抱起阎怡，径直往楼上走去。

阎怡微闭着眼睛像是睡着了，萧彬将她轻轻地放在床上，阎怡很快就蜷缩起身体，不知道是不是她的习惯，这样的睡姿看起来孤独又无助。萧彬目不转睛地看着她，俯下身伸手抚过她柔软的头发。

这间房有天窗，外面月色朦胧，星光闪烁，如梦似幻。

萧彬拿条薄毯给她盖上，阎怡突然呢喃了一句："我真的好喜欢你，你知道吗？"

萧彬愣住了，皱眉凝视她半晌，不确定地问："你喜欢谁？"

"嗯，我最喜欢墨缘哥了。"阎怡的语声透着浓浓的妩媚。

听到她的回答，虽然在意料之中，萧彬还是神情一滞，然后就像报复似的低头吻住了她。

阎怡虽然醉得厉害，但是并没有完全昏睡过去，她迷迷糊糊地将眼睛睁开一条缝看着拥住自己的人，恍惚地以为这是白墨缘，是她爱慕了多年的白墨缘。是他在吻她吗？头好晕，她下意识地紧紧揪住了萧彬的衬衫。

"乖，不要乱动……"萧彬的声音低沉而迷人。

阎怡闭上双眼，不知是酒精的关系，还是因为萧彬那好似带有魔力的吻，她仿佛失去重力般，整个人都变得轻飘飘的。

窗外的月光倾泻进来，落在萧彬的脸上，他的五官犹如刀刻般俊美，他显然不是白墨缘，可醉得一塌糊涂的阎怡并没有意识到自己认错了人。

萧彬俯身，在她的额头印下一个浅浅的吻，然后伸出手揽着她，她的身子又软又轻，他轻轻在她耳边说："阎怡，我会让你知道，你只能是我的。"

阎怡在迷糊中听到了这句话，她试图睁开双眼，可眼前却是蒙眬的一片，根本看不清晰。

萧彬细细地吻她，一路从鬓角，吻到颈侧。

阎怡恍惚间伸出手，抚上他的胸前，停顿在心脏的位置，如梦呓一般低唤了声："墨缘……"

闻言，萧彬表情一沉，猛地用力甩开她的手，阎怡吃痛地皱了一下眉。

淡淡的月华从天窗外流泻进来，这一缕光仿佛聚集了昙花的精魅，照耀在昏睡的阎怡脸上，显得无比幽静美好。可是面对如此美人美景，萧彬却一脸愤恨。可慢慢地，他眼底的神色微微波动，嘴角也突然扬起一个古怪的笑容。不管她现在叫的是谁的名字，不管她现在心里想的是谁，这些都不重

要，因为她即将是他的了！

他贴在她耳畔低声说："现在，我就证明给你看……"

窗外的月光如水，迤逦风华，仿佛是一种暧昧的暗示……

第四章

重 复 一 样 的 爱 情

01

第二天清晨，阎怡幽幽醒来，一睁开眼，就发现自己窝在一个温暖的怀抱里，鼻息间隐约传来淡淡的男性气息。

即刻间，她只觉得耳膜轰隆作响，大脑像被冻结了一般，完全无法思考。

昨夜究竟发生了什么？

天窗外的阳光照射进来，形成一束一束光线，凝聚在萧彬露出的半裸上身上。他睡觉的样子很好看，如果他不是白迎雪的男朋友，或许阎怡此刻又是另外一番心情，可他偏偏就是！她试图闭上眼睛，希望这只是一场梦，梦醒了一切就结束了，可过了许久后，她再睁开眼时，一切都没有改变，昨夜的事情已经成为不可改变的事实！

阎怡坐在床上，一手扯着毯子护着胸口，一手紧紧揪握住床单。她感觉到血液在逆流，太阳穴被狠狠撕扯着。她没有想到自己跟萧彬也走到了这一步，就好像当初的沈珞瑶和白墨缘。

她居然也成了背叛朋友的那种人。

"你怎么醒得这么早？"萧彬不知何时也醒来了，他的声音隐约带着笑意，他伸出手摩挲着阎怡脖颈的肌肤，如同电流通过般，竟带起一股战栗的快感。

阎怡微微侧身，避开他的抚摸。

萧彬却不以为意，只是笑了笑。

不知道是不是因为肌肤裸露在外的缘故，阎怡觉得背脊僵硬且生冷，她说出来的话同样冰冷执拗："昨晚究竟是怎么回事？我怎么会在这里？"

萧彬的嘴角情不自禁地轻轻上扬："不要去管发生了什么事。"说着，他坐起身来，轻轻吻上阎怡依然僵硬的唇角，"反正我会对你负责的。"

阎怡又想躲开，却被萧彬一把搂进怀里，他的霸道让她有些喘不过气来："萧彬，你不要这样。"

萧彬微微皱了一下眉："那你要我怎么样？做一个不负责的男人？"

阎怡看着他。头顶的天窗好像透着风，一股凉意从她的脖颈处开始向下肆掠，她重重地打了个寒战。任何一个女孩遇到这种事情都是希望对方能负责的，可是为什么他偏偏是萧彬？偏偏是白迎雪的男朋友！

萧彬替她抚平蓬乱的长发，他的眼底有种温柔缱绻的深情："不要用这样的眼神看着我好吗？"

阎怡立马掉开视线不再看他。她这样的反应倒不是因为萧彬的这句话，而是害怕他的温柔，害怕他的深情，或者应该说，是害怕自己不自觉地沉沦。

萧彬望着她，清晰地说道："我对你是认真的，我真的好喜欢你啊，阁怡。"

阁怡感到了窒息般的痛苦，她推开他的手，质问道："那迎雪呢？"

萧彬明显愣了一下。

阁怡的身体僵硬得像一块铁板："你认识她的吧，白迎雪！"

"我认识。"萧彬露出微微复杂的神情。

阁怡用一种冰冷的声音问："你们是男女朋友关系？"

萧彬皱着眉："阁怡，我喜欢的人是你……"

阁怡的音调突然拔高，几乎是咆哮般地说："可是，你知不知道，我一直把她当成亲妹妹，现在这样，你要我怎么跟她交代！"

"我会跟她说的，我会跟她把一切都解释清楚。"萧彬直视着她的眼睛，那灼热的眼神仿佛要烙进阁怡的心底。

"为什么你偏偏是迎雪的男朋友？"阁怡的话声里透出浓浓的惆怅。

双方一时间寂静无语。

过了许久，萧彬开口打破死气沉沉的静谧："你饿了吧？想吃点什么？我去给你做。"

阁怡身心疲惫地摇摇头。

萧彬跟着又问："番茄牛腩面好不好？我记得你最喜欢吃了，再加一份煎鸡蛋。"

"你怎么知道？"阁怡面带疑惑地望着他。

萧彬伸手捏住她的鼻尖，笑着说："你的事情，我全知道。"

这是白墨缘惯有的动作，似曾相识的感觉涌上心头，却像无数根针一样刺痛了阎怡。她低下头，长发披散下来遮住视线。如今她也背叛了白墨缘，从此往后，大家是不是就扯平了？

时间仿佛在此刻凝固，萧彬看着她，眼神有种难以言喻的穿透力。他看着她多变的表情，知道她现在一定在纠结，一定在痛苦，他抿着唇耐心等待着，等着时间一点一滴地慢慢流逝。

阎怡又抬起头，这一次她的眼神没有刚刚那么痛苦了，或者是因为那股阵痛已经过去。

萧彬的脸上露出一抹微笑，他的眼神如暖阳般温柔。阎怡看着他翻身下床，穿好衣服之后回头询问道："我先给你放热水洗澡吧？等你洗好了，就可以吃面条了。"他就像一个大男孩关爱着自己心爱的女友。

阎怡没有发表任何意见。这个时候，她觉得自己宛若初生的婴儿一样懵懂茫然。

萧彬走进旁边那扇门，这间卧室里有间单独的浴室，他放好热水出来，示意她进去清洗。

阎怡不置可否地点点头，声音里流露出一丝疲惫："你先出去吧，我自己来。"

萧彬出去后，她缓步走进浴室。一开门，一股暖气拂过她冰凉的脸颊，空中飘浮着淡淡的香气。她走到浴缸旁，水里漂浮着许多娇艳欲滴的玫瑰花

瓣。她深吸一口气，一股沁人心脾的清香一直蔓延到心底，让她暂时忘却了那些烦恼。她抬起脚踏入热水之中，轻柔又温暖的感觉迅速从脚底蹿上来，让她整个人跟着变得温暖起来。

她躺在浴缸里闭上双眼，这段时间以来，她从不曾觉得如此宁静。

浴室里静悄悄的，舒适、安逸、温暖，当这些感觉刺激着她内心深处那片温暖潮湿的地方，似乎有什么东西正在悄然生长着……

这样的生活似乎也没有什么不好。

阎怡猛地睁开眼睛，她被自己刚刚那一瞬间的想法吓到了。她疯狂地摇着头，试图把刚刚那个想法从自己的脑袋里甩出去。她不是沈珞瑶，她绝不会做出背叛朋友的事情！

阎怡勒令自己不要乱想，半个小时后，当她从浴缸里出来时，才发现自己没有可换的衣物。无奈之下，她只好裹着白浴袍出来，可刚踏进房间，一转头就看见了萧彬。

她一时间僵在了原地。

虽然说昨夜她跟他发生了最亲密的接触，可是现在的场景还是太过暧昧。

阎怡尴尬得要命，她下意识地向上扯了扯逶迤于地的白色浴袍，试图护着自己更多的肌肤。可就是这细微的动作，令萧彬突然侧开视线，在天窗下的阳光里，他的面颊微微泛红。

阎怡忍不住微微扬起唇角，他有时候真的像个大男孩一样可爱。

萧彬摸了一下鼻尖，很快重新将视线凝聚在她身上，这一次显得自然随意得多，他指着床上的连衣裙说："新衣服我给你放在床上了。"

阎怡点点头，裹着白色浴袍，披散着微湿的长发，从他面前走过，拿着衣物又朝浴室走去。

萧彬意味深长地提醒道："小心点，地上滑。"

话音刚落，阎怡一个趔趄，险些滑倒，于是她回头不悦地瞪了他一眼。萧彬忍住笑，可眼底的狡黠之色完全掩饰不住，就像一个淘气少年。阎怡很快就换上了那条海蓝色的连衣裙，从浴室里走了出来。

阳光从天窗外倾泻进来，落在她的身上，更衬得她的肌肤洁白如脂，眼波娇媚如海。

萧彬换上一脸暧昧的笑容："这条裙子果然很适合你，不过刚刚那样也很不错。"

阎怡看着他，双颊不自觉地浮起淡淡的红晕。再看着一床的凌乱，她想起昨夜的暧昧与亲昵，虽然醉得厉害，但也不是丝毫没有印象，她也总归只是一个平凡的女孩，无法做到对这种事情完全无动于衷。

萧彬走过来搂住她，阎怡的身体下意识地一颤，萧彬的目光温柔如水："我说过，我会负责的，白迎雪的事情，我也会处理得很好，不会让你为难，这件事情从头到尾都不是你的错。"

"可是……"

阎怡说出这两个字就不知道该如何继续了，她觉得自己似乎是被什么东

西打坏了脑袋，已经无法正常思考，就连平时最常规的思维都被纠结的情绪缠绕住，无论怎样都理不清。

当初的沈珞瑶是不是也这样纠结过？她心里又开始隐隐作痛。

"先吃面吧，冷了就不好吃了。"萧彬示意她坐在旁边的椅子上。

阎怡坐下后问道："你煮的？"

萧彬说："对啊。"

阎怡本是随口问问，她没有想过像萧彬这样的富家子弟还会亲自下厨煮面条给她吃。

萧彬转身端来一碗番茄牛腩面。阎怡看着他，来自天窗的阳光为他修长的身影投下一个剪影，他的头发有些凌乱，白色衬衣的袖口随意地挽起。阎怡从来没见过这样的萧彬，竟然像个普通的居家男人。

阎怡接过番茄牛腩面，开始大口吃起来。曾经，她对这样的早晨充满幻想，如果有一天早上醒来后，先洗个热水澡，再吃着心爱的男人端来的早餐，那一定是人生最幸福的时候。

她怎么也没有想到，这一天竟然这么快就实现了，只是这个男人却不是自己预想中的那个人……

不知道是不是面条的热气熏到了眼睛，她的眼底出现一股淡淡的雾气。

萧彬低声问道："怎么了？"

他这平平常常的一问，恰好触及阎怡的隐痛，她张了张嘴，可话到嘴边却被硬生生吞了回去。她摇摇头，掩饰道："没什么。"

萧彬跟着坐在旁边的一张椅子上："是不是不好吃？"

阎怡仍只是摇摇头。

萧彬似乎有些急了："你想吃什么告诉我，我给你做，或者我去外面给你买。"

阎怡深吸了一口气，扬起脸说："没有，很好吃。"

萧彬搂紧她的肩膀，然后松开她："阎怡，以后不管发生什么，我都愿意与你一同去面对。"

他的眼中闪动着笃定和深情的光芒，阎怡突然有些失神。

富有、帅气、温柔、体贴、深情，有时候又透着一股孩子气，他几乎是一个完美的男朋友，却也是别人的男朋友，白迎雪的男朋友。

就算她内心深处曾隐秘地渴望过时光能停留在这一刻，但同时她也深深地明白，这注定是一段不能继续发展下去的感情……

02

阎怡知道自己又在做梦。

在梦里，她睁开双眼，发现自己悬在半空中，手脚都被铁链困住，天空渐渐落下鹅毛大雪，她哆嗦着动了动嘴唇，却一个音节也发不出。一时间，狂风乱舞，雪花好似是一把把利刀刮在她身上，虽然看不见鲜血溢出，却能感觉到剔骨割肉般的疼痛。

惊恐之下，她试图大声喊叫，可怎么也发不出声。而在这暴风雪的后

面，有一张脸越来越清晰，是白迎雪！她的面容隐在风雪后，在昏暗的光线里透着一股森然的气息。

"啊——"

她惊醒过来，喉咙发紧，呼吸急促，手心和额头都冒着冷汗，耳边也嗡嗡地响。

这是一个梦？这是一个梦！

虽然她反复告诉自己这只是一场梦，可是不知怎的，心里还是虚虚的。

梦境里的情形，会是背叛朋友的下场吗？她突然有一种不好的预感。

门外传来敲门声，她用手背擦了擦脸上的冷汗，稍稍调整了下呼吸，才开口应道："进来吧。"

萧彬应声推门进来。

这两天，阎怡一直住在他家，萧彬待她好极了，阎怡却还是分不清心中是何种滋味，只懵懵懂懂地觉得好像有什么变得不一样了……她的唇角浮起一抹自嘲的微笑，难道说，她跟沈珞瑶其实是一路货色？

"怎么了？"萧彬坐到床边，伸手温柔地抚过她的头发。

阎怡半仰起脸，答道："没事，待会儿我想回学校一趟。"

萧彬关切地问："怎么？我还准备待会带你去'Magic'呢。"

"Magic"？阎怡愣了一下，要知道今天是工作日，白墨缘一定也在那里，她现在还不想这么快再看见他。

"下次吧，我想先回学校看看。"大概是因为那个梦，阎怡心底始终还是有些不安。

萧彬温柔地笑着点头："你说怎样就怎样。"

早饭过后，萧彬站在门前等待阎怡出门的间隙，他的手机震动起来，他低头一看，嘴角微微上扬，露出一个诡谲的笑容……

萧彬开车送阎怡到A大，然后陪着她走到宿舍楼下，临别之前，他亲昵地轻吻着她的长发，说："有什么事情就打电话给我。"

阎怡点点头，但点头的瞬间，却好像有一丝不自然。她走进宿舍楼，在一楼大厅里，三个女孩站在一起，都看向她。阎怡虽然不大认识，但也还有印象，应该是同系的女生。

其中一个女孩率先瞟了她一眼："有些人，就是不要脸，居然抢了闺蜜的男朋友。"

阎怡惊得一愣。

另一个女孩也暧昧地笑着："就是，太没道德了。"

阎怡感到自己的大脑被一个巨雷狠狠地击中了，她看着这三个女孩，她确定她们的视线聚焦在自己身上，也就是说，她们真的是在说自己？

这一刻，阎怡突然觉得有一双冰冻的手抓紧了她的心脏，并且越收越紧。

那三个女孩冷冷地看着她，嘲弄地勾起了唇角。

这种嘲笑令阎怡一下子六神无主，恍若一副没有了灵魂的空壳，究竟是谁把这件事情泄露出去的？

那三个女孩脸上挂着讥诮的笑容，还在继续议论着："这年头，有些人为了上位真是什么事情都做得出来。"

"你们也不要这么说，人家萧少可是富二代中的富二代，要是他肯看我一眼，我也愿意。"

"是啊，为了当个阔太太，背叛几个朋友算什么？"

"哎呀，有些人，看起来无害，就是会背地里捅刀子，而且专对闺蜜下手，刀刀致命！"

"这种朋友我可不敢交，太可怕了！"

来往的学生都被她们三人的议论吸引住了，视线也纷纷朝阁怡看过来，就像是在看滑稽戏里的小丑。

阁怡脸色惨白，身体也变得僵硬，但她明白此时此刻，自己如果什么都不说，她们一定会当她是默认了。于是她故作镇定地问道："你们在说什么？这样的话可不是能随便乱说的！"

"做了不要脸的事，还想抵赖是不是？"一个卷发女孩气势汹汹地质问道。

阁怡扬了扬头，也忍不住提高了声音："你说谁不要脸？"

那女孩气急败坏，正要骂人，却被旁边一个短发女孩拦住了，她嘴角一撇，笑容充满讽刺："你跟她这种人较量什么？她都能让闺蜜的哥哥为了她跑去和闺蜜的男朋友打起来，本事大着呢。"

什么？

阎怡只觉得头嗡地一下大了，闺蜜的哥哥，他们说的难道是白墨缘？

她再也顾不上自己现在的处境了，急切地看着刚才说话的人，问道："你在说什么？白墨缘竟然跟萧彬打架？这是真的吗？"

"哟，她自己倒还有脸问起来了。"其中一个女孩发出了一声嗤笑。

阎怡看着她们，努力克制着内心的情绪，尽量保持平静的语调说："我现在只想问，你们刚才说的到底是不是真的？这些消息你们又是从哪里听来的？"

其中一个女孩似笑非笑地露出了嘲弄的神情："我也只能告诉你，他们俩打架的事情是真的。至于我们是怎么知道的，就不能告诉你了。"

另外一个女孩也跟着在一旁帮腔："是啊，我们没有义务回答你，既然敢做这种不要脸的事情，就不要怕被人知道。"

阎怡又急又怒："你们根本不清楚事情的来龙去脉，不要在这里胡说八道！"

一个女孩露出了鄙夷的眼神："你自己做了这么恶心的事情，难道还想抵赖？"

阎怡也不甘示弱地逼问："那你们呢？有证据吗？"

在她坚定的口气下，那三个女孩一时间也有些底气不足了，面面相觑。

围观看热闹的同学越来越多，不明真相的人占绝大多数，甚至形成了两极分化的立场。

"出什么事了？"

最关键的时刻，萧彬出现了。

他径直走到阎怡的身边，亲密地伸手搭上她的肩头，一时间，围观者哗然。

阎怡的身体顿时变得僵硬而颤抖。

"这不就是最好的证据吗？"一个女孩见状，立即大声嚷嚷道。

围观者议论的声音越来越大，多数字眼都聚焦在 "不要脸" "抢闺蜜男朋友"上面。

这些声音如同势不可挡的海啸朝阎怡席卷而来，气势汹汹地要将她整个吞没。要知道她从小都是优等生，一向受人追捧，还从来没有被人指着脊梁骨唾骂过。

阎怡负气地抿紧双唇，想要反击却觉得措辞无力。

这时，一旁的萧彬沉沉地开口了："你们不要吵了，这件事跟阎怡没有关系，都是我的问题，她在此之前什么都不知道，她是无辜的。"

一时间，大厅里安静下来。

阎怡仰头看着他，脸上渐渐有了些许血色。

然而，围观者中突然有人大叫了一声："好一朵纯洁无辜的白莲花呀！"四周随即响起一阵哄堂大笑。

漫天的嘲笑和侮辱再次扑面而来，就好像无数条鞭子，一遍一遍地抽打着阎怡的脸颊。这件事她本就无可争辩，而且也没有必要跟这群人争辩！她紧紧地咬住嘴唇，转身逃离了现场，萧彬追了出去。

　　阎怡从来没有这么玩命地跑过，耳边的秋风就像是沉闷的哭泣，太阳穴疼得似乎要撕裂一般，双脚却好像完全不需要意识操控一样地往前奔跑。

　　蔚蓝的天空，洁白的云朵，阳光笼罩下的校园静谧美好，阎怡却在进行一场狼狈的逃亡。

　　萧彬一直跟在她身后追逐着，眼神如同峡谷一样深邃。

　　最后，阎怡在一个极偏的角落停下，她的头发被风吹得很乱，背影带着一种淡淡的伤感。

　　原来成为众矢之的的感觉是这样的，手指握得死紧，几乎掐入了肉里，却感觉不到疼痛。

　　不过整件事情太奇怪了，阎怡完全想不通，为什么她跟萧彬的事情会这么快就被传出去？而且白墨缘打萧彬究竟又是怎么回事？

　　萧彬跟过来，站在她的身后，语调柔和地安抚道："对不起，阎怡，我没想到会变成这样。"

　　"是你说的吗？"阎怡的声音透着入骨的冷意。

　　萧彬的神情僵了一下。

　　阎怡转头看着他，眼底掠过一道质疑的光芒："是你把我们的事情说出去的？"

　　"没有，绝对不是！"萧彬皱眉想了想，"我也不知道，怎么就会被她们知道了。"

　　阎怡看着萧彬，其实她也不相信会是他泄露出去的。

一阵微风吹过，几片枯萎的树叶飘然落下。

阎怡垂下视线。那白墨缘的事情呢？这个疑问几次卡在她的喉咙处，但又几次被她吞下，在无数次挣扎之后，她才再次抬起视线，试探性地问："白墨缘最近找过你？"

萧彬点头，他的脸上依然没有多余的表情。

反倒是阎怡的表情有些不自然，她又问："你们打架了？"

萧彬再次点头，末了补充道："因为工作上的事情。"

阎怡皱着眉，有些不太相信的样子："墨缘哥不是这种人，他不可能为了工作的事情跟人动手。"

"你的意思是说，我欺负他了？"萧彬的声音冷得好像一阵夜风。

"不是，我不是这个意思。"阎怡瞟了他一眼，脑海里乱作一团。

刚好一阵手机短信铃声打断她的思绪，她掏出手机低头看了看，屏幕上竟然显示着"白迎雪"的名字。

一时间，仿佛有无数声音充斥在耳畔，她的手心冒出许多冷汗，滑溜溜的，几乎抓不住手机。

难道白迎雪刚刚就在宿舍楼里？难道她看见了那些场景？心里的不安像潮水般涌上来，几乎快要将她淹没。

这个时候，白迎雪找她会有什么事情？

与此同时，萧彬的手机也传来了震动，他拿出来，手机屏幕上显示的依然是"白迎雪"的名字。

她一共发了两条信息——

"好一场自编自导的戏！"

"为了阎怡，你竟然也会制造这样一场闹剧！"

萧彬迅速回复过去："我不知道你在说什么？"

很快，他就收到了白迎雪的第三条短信："你跟阎怡的事情，是你自己传出去的吧？"

看完短信，他的眼神渐渐变得冰冷而复杂起来……

03

"晚上八点，宿舍楼顶天台见，我有话要问你。"

这是白迎雪发来的短信内容，最不想发生的事情似乎就要发生。

阎怡一步一步向宿舍楼的天台走去。一种莫名的恐惧几乎冻结了她浑身的血液，她不敢去想白迎雪这个时候找她究竟会为了什么事。

昏黄的灯光下，脚步声格外清晰，每一步都像踏在鼓上，和失控的心跳声几乎完美地融合在一起。

在通往天台的那扇门前站了许久，阎怡才鼓起勇气推门进去，这会儿天台上一个人都没有，白迎雪并没有来。

她走到天台边，迎风而立，俯瞰着整个A大。一个校园似乎浓缩了一个社会，在这里的每个角落似乎都深藏着不被人知晓的秘密，就好比现在的她一样。

身后的门被人"吱呀"一声打开，阎怡回头，推门进来的是白迎雪，她还是跟以前一样素面朝天，清丽动人。

夜空墨蓝，星光点点。在这个熟悉的天台，以前阎怡、白迎雪、沈珞瑶、李悦莹都会抱着被子上来晾晒，可这一次，白迎雪一步步走来，气氛却冷凝到了极点。

最后她在阎怡面前站定，嘴角浮现一抹奇异的微笑："我以为你不会来。"

阎怡的身子僵了一瞬，她努力挤出一个不太自然的笑容："迎雪你约我，我自然要来。"

"是啊，一直以来，你都是我的'怡姐姐'，任何好的东西，都是你先用，你不要的才给我！"白迎雪一字一句地说着，只是表情越来越激动，越来越愤怒。

阎怡心头一跳："我不知道你在说什么？"

白迎雪的双肩竟止不住地发颤，阎怡看在眼里，心里越发慌了。

气氛开始变得有点怪异，两个人都默然了很长一段时间。

白迎雪一脸愤慨和嫉恨，声音也控制不住地越来越大："你跟萧彬是从什么时候开始的？"

这一句话好似刺破了空气，直击阎怡心底，她的脊背一僵，果然，白迎雪还是知道了。

短短几天，闺蜜间的背叛再次上演，阎怡从来没有想过，她自己有一天也会像沈珞瑶一样，面对朋友的痛苦质问，沈珞瑶当时的心情也是这样无法言喻吗？

手心渐渐冒出冷汗，她的脑海里闪过无数种解释和无数辩驳的词汇，可是每一种都好像没有任何力度，都不够有说服力。阎怡看着白迎雪，神情有些紧张。

白迎雪咬牙切齿地逼近："你无话可说了吧！"

阎怡的眼神暗淡下去，她决定从头开始说，从去年樱花盛开的时候说起，她的每一句话都是真实的，唯一隐瞒白迎雪的，只有喝醉了那一晚她把萧彬当成了白墨缘而发生了关系的既成事实。

白迎雪神情愤恨地叫嚣起来："你骗我！"

"我没有骗你，我说的都是真的。"阎怡抬起视线，正好对上白迎雪怒不可遏的双眼。

白迎雪发出一声冷笑："凭什么从小你就比我漂亮，凭什么从小你就比我聪明，比我更受哥哥的宠爱！阎怡，你为什么要来到这个世界上？为什么！"她的声音饱含恨意。

阎怡彻底愣住了，她看着白迎雪眼底的妒忌和愤怒，突然心跳得很厉害，白迎雪一向不是都很喜欢她吗？怎么会突然之间变成这样？还是说她已经被萧彬的事情气昏了头？

阎怡试图安抚她的情绪："迎雪，你冷静一下，你听我解释。"

"我不想听！我真的受够了！为什么每次我都只能跟在你的身后，为什

么每次我都只能眼睁睁地看着哥哥哄着你，为什么每次我只能排在第二的位置！"白迎雪整个人就像一大缸沸腾的水，声音也越来越尖厉。

"迎雪，事情不是你想的那样。"

阎怡的声音显得无力而苍白，这反而引起了白迎雪更深的恨意："看到你跟沈珞瑶关系那么好，我就更妒忌！为什么你们能好到像亲姐妹一样？"

沈珞瑶……

的确，阎怡曾经把她当作自己的亲姐妹一般。想到这里，她痛苦地闭上了眼睛。

天台上秋风凄凄，如泣如诉。

无论是沈珞瑶也好，还是白迎雪也好，她们都曾是与她一同并肩前行的朋友，好得如同连体婴儿，如今却要被活生生地撕裂开来。

白迎雪兀自往下说着："所以，我要破坏你们之间的关系，我把沈珞瑶介绍给了哥哥，我还跟她说，其实哥哥真正喜欢的人是她！"

阎怡猛然睁大双眼，突然就有种心惊肉跳的感觉："你说什么？"

一丝残忍的微笑在白迎雪的嘴角绽开："呵呵，是我啊，是我把沈珞瑶引荐给哥哥，并帮她上了哥哥的床。"

阎怡感到自己的大脑被一个巨大的霹雳击碎，她惊颤地出声："你为什么要这么做？"

白迎雪哈哈大笑着，她摇晃着身体好似喝醉了一样，那张脸笼罩在一片阴霾之中，像极了丑陋狰狞的魔鬼："阎怡，我就是想看你被自己最好的朋友抢走了最爱的人，会变成什么样子。"

这是白迎雪吗？

阎怡记忆里的她不应该是这样的，记忆里的白迎雪有一张清丽的脸，她会拉着自己的手，亲昵地笑着："怡姐姐，如果有一天你跟哥哥结婚，一定要选择在教堂里，到时候我给你做伴娘，好不好？"那个时候，她的微笑就好像是在阳光里初绽的花蕊，散发着一种明媚的温暖。

那才应该是她认识的白迎雪啊！

白迎雪还在大笑，她欣赏着阎怡脸上的惊恐，她觉得这个世界上已经没有比戏弄阎怡更让人兴奋的事情："那天我是故意推你的！我知道你不会游泳，那个地方又偏僻，根本不可能有人会来。所以，阎怡，我原本是想要你去死的！"

阎怡的眼底闪过一丝吃惊和愤怒："你说什么？"她仿佛再次看见那一夜的场景、那一夜白迎雪的表情，她平静地站在岸边，眼底泛出琉璃一样的微光。

她竟然是故意的！

"我没有想到沈珞瑶会为了救你，竟然连自己的命都不顾了！"白迎雪的表情出现了细微的变化，就好像看见了什么不得了的东西一样，她的嘴唇都有点发紫了，"她的水性也不好，她为什么要救你？为什么……"

"你究竟做了什么！"一团难以遏制的怒火在阎怡的胸口烧灼开来。

原来是白迎雪！

这一切竟然是她暗中筹谋和策划的，破坏她和沈珞瑶之间的感情，最后还害得沈珞瑶丢了性命，这一切竟然都是白迎雪在暗中推波助澜造成的！

阎怡的情绪渐渐失控："你有什么不满冲我来好了！你为什么要做出这种事情！"

眼见阎怡向自己步步逼来，白迎雪几乎是下意识地往后退，她看见阎怡冷如冰霜的脸上混合着不解和气愤，心里莫名地恐惧起来，就好像看见了沈珞瑶在向她索命一般。

"不要过来，你不要过来！"白迎雪的音调猛地拔高，话语几乎是咆哮着喊出来的。

阎怡的瞳孔瞬间收紧，脚下快了一步，伸出手一把抓住了她。白迎雪觉得自己的呼吸好像中断了一瞬，她疯狂地挣扎着。两人发生了激烈的肢体冲突，白迎雪的头发被阎怡死死地拽住了，她反手就给了白迎雪一个耳光，白迎雪彻底呆住了。

阎怡打完似乎还不解恨，又气又惊地训斥着："白迎雪，你到底在想什么啊！你怎么可以做出那种事！"

白迎雪感受着脸上火辣辣的剧痛，终于回神，几乎是咆哮般地说："你再动手试试，你信不信我死给你看！"

"死？"阎怡勾了勾唇，眼底闪过一丝嘲讽的神色，"你敢吗？"

白迎雪被她眼底的决绝吓了一跳，还来不及做出反应，阎怡已经抓着她的头发，把她往天台边上拖，仿佛要带着她去往暗不见天日的深渊。

白迎雪尖叫着，挣扎着，可无论如何都挣脱不了阎怡的束缚，跌跌撞撞地一步步被阎怡拖到天台边。

在这个没有月光的黑夜里，天台仅存的一盏灯散发着昏黄的光芒。白迎雪仰面趴在天台的围栏上，几乎半个身子都悬空了，阎怡拽着她的衣领，只要她稍稍一松手，白迎雪随时都可能会掉下去。

"不要啊，不要啊……"白迎雪惊恐地看着阎怡，夜风吹乱了她的长发，就像蛇般缠绕着她的脸，飞舞间形成一个狰狞的幻影。

阎怡冷冷地问："还死不死？"

白迎雪尖叫着："你疯了，你疯了，你真的疯了！"

阎怡狠狠地又给了她一个耳光："白迎雪，疯的人是你，你为什么不跟我说！你为什么要表面上装着跟我要好，背地里却这样算计我？"

顾不上受伤的脸，白迎雪反击起来："那你呢，为什么所有的好处都是你的？我对你一忍再忍，可最后就连萧彬，你都要跟我抢！"

阎怡咬住嘴唇，她看着白迎雪，仿佛有股寒气自头顶灌入，一路凉到脚底。

白迎雪趁她晃神的那一瞬，用力推开她。阎怡猝不及防，一下子跌倒在地上，白迎雪却哈哈大笑起来。

阎怡一手撑着地，一手紧紧地握成拳，她的脸被长发遮盖了，看起来比任何时候都要森然鬼魅。重新站起来之后，她神情冰冷地看着对面的白迎雪，眼睛犹如冬夜结冰的湖面般散发着浓浓的寒意。

白迎雪下意识地后退一步，这一次阎怡就像疯了一样跑过来，她迅速按住白迎雪，把她再次按倒在天台的围栏上。

白迎雪看着一楼的地面，这是她第一次觉得地面原来距离自己这么远。

她吓得脸色苍白，结结巴巴地说："你，你要杀我吗？"

"你刚刚不是还很得意吗？"阎怡的语气残忍极了。

白迎雪觉得她真的疯了，真的会把自己从天台上丢下去，悬空的身体彻底僵住，来自地面的寒气涌上来，从她的脖颈处迅速蹿到血液里，这股寒意几乎冻结她的骨髓，连牙齿都打着寒战。

"想死的话，你现在就可以去死了！不想死的话，就现在都说出来！"阎怡的声音就好像天地间最尖锐的啸声，响彻A大的天空。

白迎雪的身体忍不住猛烈地颤抖，她哆哆嗦嗦地碎碎念着："你是个疯子，你就是个疯子，我早就应该知道你是一个疯子……"

"你说不说？"阎怡将她更往外倾斜了一些。

白迎雪吓得尖叫道："不，我不想死，我不想死！"

阎怡深吸一口气，将白迎雪往旁边一丢。

白迎雪跌倒在地上，她一度以为自己会就那么掉下去，可迅速着地的踏实感让她找到了片刻的安宁，她趴在地上，只觉得心像要从胸腔跳出来。

阎怡冷冷地问道："也就是因为这个，所以你最后没有去送沈珞瑶一程？"

白迎雪机械地点点头。

阎怡继续质问道："后来我好几次都联系不上你，也是因为这个？你也知道愧疚和后悔吗？"

"我每天晚上都在做噩梦，我梦见沈珞瑶跟我说，要我还她的命来。我真的好害怕，我真的好怕……"白迎雪说着号啕大哭起来，就像受惊的兔子般瑟瑟发抖，泪水哗哗淌落在面颊上，她恐惧地放声哭着，"我不是故意的，我真的不是故意的，沈珞瑶，我没有想要你死。"

沈珞瑶，我没有想要你死……

这一句话在阎怡心里也曾翻涌了许久，她看着白迎雪，愣愣地杵在原地。

对于沈珞瑶的死，她也有责任，如果她没有去质问沈珞瑶，如果沈珞瑶不是因为救她而跳下水，如果没有这些，沈珞瑶绝对不会死……阎怡感到心底盛满了无法逃避的罪恶感。

白迎雪死命地放声痛哭，就像一个不知所措的小女孩。

阎怡黯然地看着她哭泣的面容，内心深处好像有种柔软的东西在慢慢地苏醒，她情不自禁地朝那边走过去，蹲下身来伸手扶住白迎雪，然后紧紧地将她护在怀里："没事了，过去的事情就让它过去吧，我们重新开始……"

白迎雪却越哭越厉害，不知道是恐惧还是委屈，她哭得已经停不下来了，阎怡始终拥着她，并轻轻拍着她的背部。

过了好久，夜晚才再次回归静谧。

阎怡为白迎雪擦掉脸上的泪，轻声安慰她："没事了。"

白迎雪哽咽着："怡姐姐，求求你，求求你离开萧彬，我真的很爱他，真的很爱很爱，而且，我已经有了他的孩子。"

阎怡震惊地睁大眼睛："你说什么？"

白迎雪自己抹了一把脸上的泪："已经两个多月了！"

她竟然有了萧彬的孩子？

陡然间，阎怡的心里突然变得空旷起来。

夜风一阵阵吹来，阎怡独自从地上站起来，当她完全站直身体的时候，脚步却一个踉跄，险些跌倒。

白迎雪仰头看着她，夜幕之下，阎怡的整张脸惨白一片，仿佛纸人一般。

"我知道了。"许久，她的声音就像从遥远的天际飘过来一般虚无，"你放心好了，萧彬还是你的，我会跟他说清楚的，你和孩子都不会失去他。"

说完，阎怡往回走。她觉得自己的脚像灌了铅一般沉重，每一步都如同踩着刀子。当她走出天台那扇门后，看着一级级楼梯，不禁怔怔地开始发呆。

白迎雪独自跪坐在天台上，原本遮盖在眼前的齐刘海儿被夜风撩起，她的唇边骤然浮现出一抹阴冷的笑意……

第五章

结 束 一 个 新 的 开 始

01

爱究竟是什么？

自己爱着白墨缘，白墨缘爱着沈珞瑶，萧彬爱着自己，白迎雪爱着萧彬。这究竟算什么？爱情吗？充满伤害的爱情还算是爱情吗？

不！这什么都不算！已经为年少轻狂的青春陪上了一条鲜活的生命，不能再去伤害更多的人了！更不能去伤害一个还未出现在这个世界上的幼小生命……

阎怡躺在只有她一个人的寝室里，突然觉得很累，脑袋晕晕的，她窸窸窣窣地又翻了无数次身，最后终于睡着了，醒来时只觉得全身酸痛，大概是晚上睡姿不好的缘故。

以前这个时候，阎怡对面那个位置应该早早就亮起了台灯，李悦莹一定在那里背了好久的英语单词，沈珞瑶则在阎怡斜对面的那个位置开始化妆，只有白迎雪还赖在床上继续睡大觉。

可是如今，整个寝室里面暗沉沉的，空寂无声。她走到窗前拉开窗帘，在这个阳光明媚的深秋的早晨，她又忍不住想起了白墨缘，想起了他从前对自己的呵护有加，想起了他决绝地说出没有喜欢过她，她黯然地垂下视线，转过身。整个寝室都空空荡荡的，她突然很想做些事来麻痹自己的大脑。

每个学期开始，寝室都有一个大扫除的惯例，可是这学期刚刚开始就发生了这么多的变故，以至于都没有来得及做大扫除。

于是，她决定一个人开始大扫除。

窗外的阳光铺了一室，四年的大学时光碾过青春年华的最后一段路程，如今只留下漫天尘埃。她一点儿点儿清理着每一个角落，一点儿点儿回忆着在这间寝室里发生的事情，突然觉得眼前模糊一片，这才惊觉自己不知何时已经泪流满面。

抬手用力抹去泪渍后，她继续做着大扫除。

在全部清洁完毕后，寝室露出了一个全新的面貌。可是她自己呢？怔怔地发呆许久，阎怡拿出手机，找到了萧彬的电话号码拨打出去，电话响了好几声之后才传来他的声音。

"你今天有时间吗？"

萧彬的口气依然很温柔："有啊，你约我的话，我什么时候都有空。"

"那今天晚上，我们一起吃个饭吧。"

萧彬在那头开心地笑了笑："好，我来学校接你。"

阎怡拒绝了："不用了，我去你的公司楼下等你下班，成吗？"

萧彬语气宠溺地应允道："好，你说怎样就怎样，都依你。"

阎怡听到这里，随手就挂断了电话。可下一秒，来电铃声又响了起来。

她看着屏幕上不断闪烁的名字，是萧彬，她诧异地接起来问道："怎么了？"

"你难道不觉得少了点什么吗？"萧彬像个孩子般在那边纠缠起来，"傻瓜，刚刚没有跟我说拜拜呢。"

阎怡盯着地面的目光有些飘忽："嗯，拜拜。"她的声音似乎也变得含糊不清起来，然后再次挂掉了电话。

接下来她从衣柜里选好几件衣服放在床沿，走进浴室去洗澡。浴室里水汽蒸腾，水流哗哗地打在脸上，将脸上已经干涸的泪痕全部冲刷掉了。

悲伤如同爱情一样勉强不来，可它一旦来了，想赶走却如此困难。

阎怡掩住脸，满心悲酸却不知是为谁。为自己？为沈珞瑶？为白迎雪？还是萧彬？或者是白墨缘？如果她早一点儿发现白迎雪的妒忌，是不是后面就不会有这一连串的悲剧以及痛苦？如果她真的好好去关心过白迎雪，是不是她就不会变得这么极端？

或许，今天她会成为白墨缘的女朋友；或许大家都能找到自己的幸福，过着美好又幸福的生活，如果……

可惜从来都没有如果，这才是最大的悲哀！

阎怡仰着头，任由热水从上方浇下，她的脸上就好像布满了泪痕。又过了许久，直洗得手脚都有些发软，她才关了水，擦干头发，穿上件干净的衣服。

从早上起来到现在，已经是下午三四点了，她还粒米未进。她拿着包出门，准备在去找萧彬的路上随便吃点什么。

只是从宿舍楼出来后，在前面的那棵树下，她一眼就看见了一个熟悉的身影。他站在树下，半掩在阳光下的阴影里。阎怡看着他，突然间思绪飞得老远老远。

那个人也注意到了她，只是神情依然很平静淡定。

是白墨缘。

阎怡不由得想到了白迎雪，想到她说过的话，想到她做过的事情，那么多的悲伤，那么多的纠缠，一时半会儿如何才能说得清楚呢！

她感觉到一种浓重的悲凉从身体里面的某个角落涌上来，现在她更加不知道该怎么面对他了。

白墨缘走过来轻轻地唤道："阎怡。"声音一如从前般亲切自然。

阎怡深深地吸一口气，她努力扯出一个自然的表情，问："墨缘哥，你怎么有空到学校来？"

白墨缘却答非所问："有时间吗？"

"不好意思呢，墨缘哥，我今天刚好约了人。"阎怡的口气透着淡淡的疏离。

白墨缘似乎有些不悦地皱了皱眉："难道不能另约时间吗？"

阎怡看着他的眼神变得意味深长："墨缘哥什么时候变得这么霸道了？"

白墨缘坚持道："我有些事情，今天一定要跟你聊聊！"

阎怡看着他，寡淡地笑了笑："那你可以现在说吗？我约了别人，不过还没到时间。"

白墨缘深深地看了她一眼，眼底好像有种难以捉摸的雾气："不，我希望你能跟那个人改期。"他说话的口气固执得简直就不像是他，他聚焦在她身上的眼神里好似隐藏了什么……

明亮的阳光透过枝叶的缝隙落下，洒下一片曚眬的柔光，将两人的身影一起包裹在其中。如果没有白迎雪在中间捣鬼，现在的他们或许已经成为一对人人羡慕的情侣……

阎怡深深地吸了口气，思维在白墨缘和萧彬的约定之间徘徊，正在犹豫不决的时候，却听到了一阵难以克制的咳嗽声。她惊讶地抬头看去，发现白墨缘用一只手捂着胸口，微微弯下腰，咳得惊天动地。

"你怎么了？墨缘哥？"

她紧张地上前查看，白墨缘却冲她摆摆手："没事，我没事，你……不用担心。"

最后，她终于下定决心，低下头从包里拿出手机，给萧彬发了一条短信："今天我有点事情，咱们改天再约吧。"

信息传到萧彬的手机上时，他正坐在Magic董事的办公室里，面前是一扇巨大的落地窗，在这里几乎可以一览整个城市的风貌。看完短信后，他英俊的面容瞬间变得僵硬起来，阎怡改变主意的原因会是白墨缘吗？

是他吗？一定是他！

因为只有他才能左右阎怡！

一刹那，他突然觉得心口如被重锤狠狠地撞击了一下。

与此同时，白墨缘也收到了一条短信，他的眼神平淡无奇，发来短信的是他的朋友，也是Magic的律师慕谦，而那条短信的内容却是——

"说好今天去做手术的，你跑哪里去了？"

02

阎怡跟着白墨缘出了A大，以前他们都会并排一起走，可这一次，阎怡却跟在白墨缘的身后。不知道是他的步伐比以前快些，还是她的步伐比以前慢了，无论怎么样，她都再也保持不了跟他一样的走路频率。

太阳透过两旁的密林，洒在地上形成漂亮的光斑。阎怡跟在白墨缘身后，发现他所走的每一步都似乎在太阳的光斑里面移动，每一步都好像没有走到阳光下，这跟以前的感觉完全不一样，以前的白墨缘就像是阳光里的一部分，温暖而耀眼。

白墨缘带她走进一家咖啡厅。这家咖啡厅距离A大很近，阎怡非常熟悉，从白墨缘念大学开始，到阎怡进了这所大学，这期间，他们隔几天都会来这家咖啡厅坐坐。以至于有几次阎怡一个人来的时候，老板娘暧昧地对她笑着说："怎么今天没有跟男朋友一起来？"

每当这时，阎怡都会羞得满脸通红，然后满脑子都是"男朋友"这个词汇，长久盘旋不去。这是属于青春的记忆，只要一点儿点儿的暧昧就能让人

激动很久。

如今，白墨缘照旧选择坐在窗边。阎怡点了一杯卡布奇诺，加了很多糖，白墨缘点了一杯黑咖啡，依然一点儿糖都没有加。

阎怡坐在白墨缘的对面看着他，她突然有种错觉，白墨缘好像瘦了，最近瘦得特别厉害，而且脸色也变得苍白，在阳光下，他的皮肤几乎是透明的。

阎怡还是忍不住想要关心他："墨缘哥，最近工作很累吗？"

白墨缘低头喝了一口咖啡，说："还好。"

阎怡也喝了一口咖啡。过了许久，两个人都没有再说话，直到老板娘走过来，乐呵呵地送上一盘炸薯条和一对鸡翅，她说："你们两个好久没有来了，这是送给你们吃的，以后要常来哦。"

阎怡笑着点点头："谢谢老板娘，以后会常来的。"

老板娘看着他们两个，脸上依旧带着暧昧的笑容离开。

阎怡看着薯条和鸡翅，问："你吃吗？"

白墨缘摇摇头："不吃。"

阎怡拿起鸡翅开始啃，嘴里还含糊不清地说："对哦，我差点忘记了，你从来不吃这些的。"她早上起来到现在还什么都没吃。

白墨缘看着她狼吞虎咽的样子，好像还似从前，他的语调突然变得温润："这些东西吃多了不好。"

这是白墨缘以前常说的话，即便他每次都这么说，到最后都还是会买一堆来哄她开心。阎怡看着他，这一瞬间，心里隐约亮起了一丝微弱的光，她问："墨缘哥，你今天找我有事？"

白墨缘却反问道："你呢？今天原本约了谁？"

阎怡没有吭声。

白墨缘目光灼灼地盯着她："听说你跟萧彬在一起了？"

阎怡皱起眉头："我不想提他的事情。"或者准确地说，她不想在白墨缘的面前提起萧彬。

白墨缘问："为什么？"

阎怡闷声不答。

她不知道该怎么回答，她不知道白墨缘究竟知道多少，特别是关于白迎雪的事情，她更加不知道该从哪里说起，该怎么去解释，因为一想起这些事，她就觉得脑袋里混乱极了，情绪也跟着变得烦躁不已。

"我不想说，我现在心里很乱。"

可白墨缘还是在追问："你真的对他有感觉？"

阎怡的眉头越皱越紧："墨缘哥，你别逼我，我现在真的很头大。"

"我逼你？"白墨缘苦笑一声，眼神变得冷洌起来，"你知不知道，他之前是迎雪的男朋友！"

阎怡的脸色一下子变得很难看："你什么意思？"

他是在指责自己做了不光彩的事，抢走了他妹妹的男朋友吗？

"你知道的吧，他是迎雪的男朋友？"白墨缘说出的这句话，仿佛一根

针朝阎怡心脏最柔软的地方狠狠地扎下去，她只觉得那里疼得要命。

"然后呢？你也想说我不要脸吗？"阎怡整个人都变得尖锐起来。

"我只想知道，为什么你要跟萧彬在一起？"白墨缘的语气就好像阎怡明知道萧彬是白迎雪的男朋友，却还要插足在他们之间一样。

阎怡只觉得冷意从头顶灌下来，她避开了白墨缘逼视的目光，死死地咬着唇没有开口。

沉默像是生了根，气氛变得凝重。

良久，白墨缘将语气放柔和了一些："跟他分开吧，萧彬不适合你。再说，他是迎雪的男朋友。"

他一再强调萧彬是白迎雪的男朋友，这让阎怡好不容易平复下来的情绪再次沸腾起来。本来她今天约萧彬也是为了说清楚这件事情，为什么白墨缘非要用一种笃定她才是破坏者的口气跟她说这些话呢！胃里传来一阵痉挛般的疼痛，不知道是不是刚刚吃了油炸的食物引起的，或者是因为空腹喝咖啡的缘故，这一下下的抽疼让阎怡的额头沁出了冷汗，她死死地捂住胃部，直到忍过这波痛楚。

她看着白墨缘，记忆中他应该有着如同暖阳一样温暖人心的笑容，那应该是阎怡一生中见过的最温暖、最璀璨的笑容。可是曾经有着这样微笑的人，此刻的表情却如此陌生。

见她迟迟不作声，白墨缘再次劝解道："答应我，不要再跟萧彬在一起了。"

"你有资格这么说我吗？"阎怡咬着牙，又一阵痉挛般的疼痛从胃部传来，她将颤抖的手僵硬地握成拳头，几乎快要说不下去了。

白墨缘似乎明白了她的意思："我跟沈珞瑶的事情，以后有机会会解释给你听的。"

"不用了，人都不在了，又有什么解释的意义呢？"阎怡强撑着回应。

白墨缘又把话题扯回到萧彬的身上："萧彬不是一个好人，你们在一起不会幸福的。"

阎怡冷笑了一下："这句话你为什么不去跟你妹妹说？却跑来跟我说？"

白墨缘皱了皱眉，他没有理会阎怡的讥讽："萧彬就是一个花花公子，拿感情当儿戏，吃干抹净就不管别人死活了！你觉得你们在一起真的会幸福吗？"

"你不觉得你很可笑吗？你为什么不去跟你妹妹说这些话，让她明白？我又不是萧彬的女朋友！而且，白墨缘，你究竟是我的什么人？你凭什么指挥我做事情？我又凭什么要听你的呢？"阎怡鼓足全部的力气，一气呵成说完全部的话。来自胃部的痉挛又涌了上来，她死死地咬紧牙关，不让自己哼出半点儿声音。

面对阎怡的质问，白墨缘的身子变得僵冷，他迟疑了一会儿，望着她的眼神变得凝重又复杂，他说："给我点儿时间好吗，以后有机会我一定跟你解释。"

阎怡别开视线不再看他："有什么话就现在说，我不想再拖下去，我们之间已经拖了很多年，还有意义继续这么拖下去吗？"

白墨缘再次沉默了，他的嘴唇紧抿成沉默的线条。

究竟是什么事情能让他一再沉默？

阎怡转回头看着他，眼神很执拗，似乎希望这一次能彻底把他看透："我再问你一次，你到底有没有喜欢过我？"

白墨缘脸色一僵，心里好像被蛇咬了一口，细细的痛楚蔓延开来。过了许久，他才说："没有。"

这不算是意料之外的答案。

阎怡眼底残留的希冀陡然消失，神色瞬间暗淡下来，随后很快又绽开了一抹苍白而虚弱的笑："这样就够了……"她双手撑着桌子站起来，脸低垂着，一头长发亮如黑缎，遮住她的脸颊两旁。从白墨缘的位置上看过去，正好看到一个背光的侧影，如同夜色中的深潭。

心口猛地窒息起来，他想站起来抓住她的手腕，可终究还是没有。他低下头克制着内心翻涌的情绪，直到咖啡厅前的门铃"丁零"一声响，他才重新抬起头，看着阎怡推门走出去。

从咖啡厅走出去，阎怡有好一阵都怅然失神。

阳光笼罩着她的身影，她机械地伸出五指挡在眼前，可明媚的阳光依旧晃花了她的双眼，所以最后她只好闭上眼睛。只是这样一来，一直隐忍的眼泪就不由自主地流了下来。

都说没有希望就不会失望，可她偏偏固执地要抱有一丝幻想，现在也彻底破灭了。

心口隐隐作痛，她心神恍惚地往前走，脸上露出了一个自嘲的微笑。她早就应该明白的，墨缘哥如果真的喜欢她，怎么会不愿意亲口说出来让她知道呢。原来这些年来，一直都是她在一厢情愿地想当然而已。

如果他真的喜欢她，那他根本没有理由要瞒着她，欺骗她说不喜欢她啊！

阎怡恍恍惚惚地走到一个路口，完全没有注意到一辆小轿车正朝这边飞驰而来。眼看着车与人的距离越来越近，司机猛按喇叭，发出了警告。可似乎已经太迟了，等阎怡回过神来察觉到自己现在的处境，已经来不及避开，一瞬间，整个人就被车子撞得飞了起来！

她的身体在空中掠过一道弧线，最后落到地面，翻滚出一段距离才停下。短暂的麻木过后，全身各处的疼痛刺激着她的每一处神经。

她似乎看见白墨缘从咖啡厅里慌慌张张地跑出来，在清冷的阳光里，他的模样也变得有些模糊了。

视线越来越模糊，可她的大脑却异常清醒，眼前浮现出无数破碎的片段。她想，是不是每一个快要死的人都会有这样的幻觉？

她看到了许多人，有白墨缘、沈珞瑶、萧彬、白迎雪……他们每一个人都似乎在跟她说话，可是她无法听清楚他们在说什么。她无力地眨动着双眼，明明知道这是幻觉，却无法抑制心底的痛。

　　她爱的人、爱她的人、她的朋友、她的青春，那些人、那些场景都离她越来越远，她试图努力地伸手去抓，可最终一切都如泡沫般破裂，化作无数光点，缤纷地落下……

03

　　阎怡没有想到自己还活着，全世界所有的人都抛弃了她，连命运都给了她一记重拳，可最后，还是把她从阎王爷那里送了回来。

　　窗外冷风扫落叶，一片寂寥。她慵倦地倚在病床上，乌黑的长发披散下来，似刚睡醒的模样，脸色还透着苍白。

　　白墨缘坐在床边的椅子上，挑出一个他带来的苹果削了起来。季节转换，阎怡在医院住了将近两个月，如今眼见就要入冬。

　　在这段时间里，都是白墨缘陪着她，可是他们之间都没有怎么说话。阎怡觉得自己就像是被人囚禁了一样，每天只有吃饭、睡觉这两件事情可以做，无聊得都要发疯了。

　　她挣扎了许久，终于忍不住说了出来："把我的手机还给我。"

　　"住院的人不需要手机。"白墨缘把苹果削好，切成一块一块，放到小碗里，再送到她手边。

　　阎怡没有接过小碗，只是看着他。

　　白墨缘的神情和面容都淡淡的，他没有强行让阎怡拿着小碗，而是放在床头，平静地说："想吃的时候，自己拿吧。"

　　这段时间，白墨缘一直在照顾她，可是感觉和以前完全不一样了，这种例行公事的好究竟算什么？

　　阎怡生气地撩起被子，竟然想拖着骨折的腿自己下床。但她显然还没有完全康复，身子稍稍一动，就直直地往床下坠去。白墨缘没想到她会这么胡来，连忙上前一把将她抱住，可一个重心不稳，两人双双跌坐在了地上。

　　阎怡半仰着脸，赌气地说道："你做什么？我不要你管！"

　　白墨缘皱紧了眉头，怀里的她竟是如此单薄，仿佛一伸手就能折断。阎怡还在他怀里挣扎，试图站起来去找她的手机，可腿上猛地传来一阵阵痉挛，她痛得面色煞白，手指也不由自主地紧紧揪住了白墨缘的衣角。

　　"你的手机丢了，等你出院后，我再买一部新的给你。"白墨缘说完，将她重新抱回了床上。

　　阎怡似乎没有听见他说了什么，剧烈的疼痛席卷了她的全身，她死命地咬住牙，没有吭一声。白墨缘坐到床边看着她可怜的模样，俯身为她按摩腿部，试图通过按摩来解除痉挛。

　　痛苦稍稍得到缓解后，阎怡的脸上闪过一抹沮丧，她垂头丧气地说："我最近为什么会这么倒霉？好端端地走在路上也会被车子撞倒，真想快点离开这个鬼地方。"

　　白墨缘望着她，语气轻淡："医生说，你还需要再休养一段时间。"

　　阎怡却一脸执拗地说："我不想再住院了！"

　　白墨缘的声音依旧无波无澜："可是你的腿还没好。"

"不管怎样，我就是不想待在这里！"阎怡伸出苍白的手指紧紧地揪住床单，疼痛之余，怒气也蹿上心头。

她曾经有个梦，就是每天一醒来就能跟白墨缘在一起，她曾经觉得那样的生活就是最幸福的。可是如今呢，窗外的景色一成不变，鼻息间到处是药水的味道，而眼前那个曾经温暖的人如今也是苍白疏离的，阎怡觉得自己就好像身处万籁俱寂的冰天雪地，在肃杀银白的世界里有着某种说不清道不明的烦闷。

不知过了多久，白墨缘拉过被子将她裹好，起身说道："我出去一下，有事情再叫我。"

阎怡没有搭理他。

萧瑟的北风从窗外吹过，隔着玻璃，似乎也能听到呼呼的风声。她望着头顶白色的天花板，百无聊赖中不由自主地回忆起许多往事，可是如今想起那些事情，却只会觉得胸口发痛。

白墨缘、沈珞瑶、萧彬、白迎雪……

脑海中翻涌出无数画面，短短几个月的时间却发生了那么多事，阎怡不知不觉皱紧了眉头。她想到了萧彬，这段时间一直没有跟他联系，上一次突然约他，可后来又突发变故住进了医院，这期间都没有来得及跟他说一声，以他的性格，一定会急疯了吧……

还有白迎雪，之前答应她要跟萧彬做个了结，如今因故耽搁下来，也没有来得及跟她解释，她会不会为此而更加憎恨自己？恨自己言而无信？

阎怡黯然苦笑，一股疲倦涌上来。她觉得眼皮越来越重，呼吸慢了起来，很快就睡了过去。

另一边，白墨缘其实一直都没有离开。他站在门口，背靠着病房的门，从兜里拿出两部手机，一部是他自己的，里面已经有无数个未接来电提醒以及无数条短信，都是好友慕谦发过来的。他粗略看了一些，慕谦留下的信息都是——

"你到底去哪里了？"

"陈医生的手术预约，我改在了下周，你快点回来。"

"陈医生的手术预约，我已经改了几次，你再不出现，以后可能真的就没有希望了！"

白墨缘的眼神很平静，表情平淡无波，随后，他关掉了自己的手机。

至于另一部手机则是阎怡的，里面同样有无数个未接来电以及许多条短信，绝大多数都是萧彬发过来的，白墨缘逐一点开那些信息看了一遍——

"阎怡，你在哪里？我好想你。"

"阎怡，你不要躲我了好吗？有什么事情你直接跟我说！"

"阎怡，你到底去哪里了？我真的很担心你，你知道吗？"

白墨缘皱紧了眉头，抿紧嘴唇，转身快速向前走了几步，把阎怡的手机拆解成数块，然后一扬手，丢进了垃圾桶。

他以为这样就会彻底阻断阎怡和萧彬之间的联系，他怎么也没有想到的是，阎怡在出院的第一天，就约了萧彬……

04

出院那天，阎怡撑着红雨伞，望着头顶灰茫茫的天空，不由得有些失神。上一次出门的时候，还是阳光灿烂，如今整个城市都笼罩在寒冬之中。漫天的大雪从天而降，纯净的雪花纷纷扬扬落在大地上。她伸出手掌，几朵雪花轻轻地落在掌心，很快就融化成一小团水渍。

她约了萧彬今天中午在A大学校门口见面，还是在那家咖啡厅。当阎怡推门进去的时候，刚巧看见萧彬从位置上站起来。实在太巧合，他现在坐的位置就是两个月前她和白墨缘坐过的位置。

阎怡缓缓牵动嘴角，挤出一丝生硬的笑，将红雨伞放在门前，朝他走过去。

萧彬看着她一步步朝自己走来。一段时间没见，她明显消瘦了许多，整个人憔悴不堪，这段时间里到底发生了什么？

他的眼神充满了探究的意味。到底是什么样的变故，让她不仅不接他的电话，甚至连一条信息也懒得回复？

阎怡来到他面前，迎上他灼灼的视线。明明只有两个月没见，可就好像过了很多年一样，她心里竟然有种恍如隔世的感觉。

"阎怡，你这两个月究竟去了哪里？"萧彬一把抓住她的手，劈头问道。

阎怡低下头，错开与他交集的视线。

见她这样躲闪，萧彬的情绪似乎更加激动了："我派人去学校、去你家里都找过，都没有找到你，也没有查到你的出境记录。"

是啊，又有谁会想到她住进医院了呢……

阎怡露出一抹怅然的笑："萧彬，我们坐下说好吗？"她的声音平静中透出疲惫，似乎跟以前不大一样了……

萧彬怔了一刻，心口有些发紧。不过最后他还是皱着眉松开她的手，依言坐下了。

阎怡叹口气，在他对面坐下。

萧彬看着她，眼光依然很慑人："你这段时间究竟去了哪里？是跟白墨缘在一起吗？他这两个月也没有来上班。"

阎怡避开他的注视，没有正面回答，而是招手叫来服务员，点了两份饮料和一些小吃，她说："这次我请客。"

她一再躲避他的问题，究竟是在隐瞒什么？

萧彬的眼底覆上了一抹霜色。

阎怡喝了几口饮料，平静地抬头迎上他的目光，声音平缓地说道："关于我跟你之间的事情，你就当作什么都没有发生过吧。"

萧彬眼角处的肌肉不自觉地抽搐了一下："你说什么？"

"那天晚上的事情，只是我跟你的一个梦。"阎怡说到这里的时候，眼底的神色一暗，下一句话的声音便低了许多，"一个梦而已，做不得数……"

"因为白墨缘吗？"萧彬的声音突然就变得冰凉如水。

那一瞬间，阎怡微微晃神。

她的失神让萧彬的心里又酸又涩，还有一种微苦的味道。这是什么感觉？心里面好像钻进了一条小蛇一样，来回在心上摆动。

萧彬的眼底起了一连串细微的变化，他下意识地皱起了眉头："你还是爱着他的，是吗？"

阎怡微微一笑，慢吞吞地说："不，跟他没有关系。"

"那你的表情是这样？"萧彬的声音不自觉地提高了。

阎怡不喜欢这样的感觉，她说："我说了，跟他没有关系。我已经不喜欢他了，从现在开始，以后都不会再喜欢了！"

"那你为什么要拒绝我？"萧彬的声音听起来充满莫名的焦虑。

阎怡看着他的眼睛，突然间就感觉到一股莫名的悲哀。

"对不起……"她低下头，觉得有些愧对萧彬的深情，但她更不想对不起白迎雪。

萧彬定定地望着她，眼中闪过一抹复杂的情绪："我不想听'对不起'，我只想听你说，你愿意跟我在一起；我只想听你告诉我，你也爱上了我。"

阎怡抬头又看了他一眼："萧彬，我跟你是错误的，该结束了。"

萧彬的眼神变得幽深起来，他说："还没有开始就要结束吗？你就这么爱白墨缘？"

阎怡皱起眉头："我说了，这跟他没有关系。"

萧彬似乎不肯放过她："那你告诉我，这段时间你究竟去了哪里？为什么不回我的电话？"

阎怡愣了一瞬，她的眼底闪过一丝犹豫，刚想说什么却又重新闭紧了唇，她的喉咙里堵着千言万语，却无法言说。

难堪的沉默持续了许久，萧彬觉得自己心里像是被人扎了个很小很小的孔，一直往外漏气，却又找不到确切的痕迹。

最后，阎怡站起来，淡定地说："我要说的都已经说完了，从此之后，我们两不相欠，你就当从来都不认识我好了。"

"我会让你后悔的。"萧彬眼中有抹怒色一闪而过，话里暗藏锋芒。

阎怡惊了一瞬。她看着萧彬，她几乎有种错觉，刚刚那句话好像不是他说的。咖啡厅里面的灯光柔和耀眼，明明光彩照人的他，眼底却有灯光照耀不进的狭长阴影。他身上似乎也有自己并不了解的一面。阎怡恍然地笑了笑，但是那又怎样呢？他对她来说已经不重要了，从此往后，他们就是陌路人。

萧彬一直看着她走到门前，拾起地上的红雨伞，推开咖啡厅的大门走出去。在大雪之下，她手上的红雨伞色彩浓烈，就如同她刚刚说的那些残忍决绝的话，令他无法忽视。

即便自己费尽心思靠近她，想方设法取悦她，最后都无法获得她的心！

放在桌上的手僵硬地握紧，作为Magic帝国的继承人，他一向叱咤风云，

要风得风，要雨得雨，却原来也有做不到的事情吗？

看着阎怡即将消失在视线里，萧彬觉得自己的胸口像是燃烧着一把火，明明是在冷到了极致的冬天，他仍旧觉得空气闷热，仿佛能听得见血液在身体里沸腾的声音。

阎怡！你是躲不掉的，不管怎样，我都不会轻易放过你！

他拿起手机拨通了一个号码，和电话那边的人低声说了几句什么。切断通话后，他转头看着窗外。

外面白雪纷飞，依旧固执地下个不停，天地间一片冷寂。

他记得父亲曾经说过，也是这么一个大雪纷飞的季节里，他邂逅了他想用一生去爱的女人，即便后来他不能娶她为妻，他也愿意用一生去想念她，而那个女人，就是阎怡的母亲！

萧彬还记得，父亲曾经站在母亲的病床前说："我娶你，只是遵循我父亲的意见，我们门当户对，我理应娶你，繁衍下一代，继承萧家的产业，可是我不爱你，以前不爱，现在也不爱，以后也不会。"

从那个时候开始，萧彬就恨极了那个横亘在父母之间的女人。

而就在十年前，父亲为了救阎怡的母亲走上手术台，捐献出一个肾脏，术后由于休养不当，加上疲于工作，在某个深夜倒在了办公桌上，从此再也没有醒过来。

萧彬记得，那也是个寒冷的冬天，他站在白色的床边，听完医生公式化的宣告，然后又眼睁睁地看着他们拉上那块白色的布，将父亲的面容彻底盖住。那一刻，他觉得天都塌了，心中盛满了一种前所未有的孤独和绝望。他像疯了一样跑出去，站在花园里大喊大叫，最后喊累了，他无力地跌坐在地上，剧烈地喘息着，如同一具失去灵魂的行尸走肉……

没过多久，悲伤过度的母亲也一病不起，很快就病逝了。

那段时间，家里一片凄凉，他听着每一个前来哀悼的人跟他重复着说些宽慰的话，心里的怨恨却越来越深。他憎恨阎怡的母亲，如果没有她，父亲不会死，母亲也不会死，他现在更不会像一个可怜虫一样，孤单地守着一座偌大的房子，被动地接受着别人的怜悯和同情。

他失去父母，全都是拜阎怡的母亲所赐！

从回忆中抽离出思绪，萧彬满脸愤然，身体开始止不住地颤抖。心里的恨像潮水一样堆积，他要报复阎怡的母亲，让她也尝到那种失去至亲的痛苦，他要那个女人生不如死！

三年前，他在A大遇见了阎怡，那个女人唯一的孩子，一个完美的计划立即在他的心底悄然形成。从那个时候开始，他步步为营，让白迎雪成了他的傀儡，白墨缘成为Magic帝国的法律顾问。他控制了阎怡身边最亲近的人，掌握了关于她的一切资料和最新动态，一直在耐心地等待着，暗中谋划，就像猎豹一样。

待时机成熟之后，他再接近阎怡，让她先尝到甜蜜幸福的滋味，然后再从云端狠狠地跌落地狱。让阎怡痛苦，就能最彻底地报复那个女人——阎怡的母亲！

可是如今阎怡居然拒绝了他，她没有按照他所计划的那样陷入他的情网。

不过，没关系……

萧彬脸上的悲伤之色很快淡去，再抬头时，他诡秘地扬唇一笑："阎怡，我一定会让你乖乖地来求我的。"

第六章

不　在　乎　抛　弃　所　有

01

阎怡窝在寝室的床上，百无聊赖地玩着电脑，一则QQ新闻简讯的弹窗突然蹦出来。她有点惊讶，因为这则新闻简讯上写着：Magic的律师涉嫌商业欺诈，即将面临千万赔偿，获罪十五年。

Magic的律师……

不知怎的，她心里生出了一种不祥的预感。她点开这则简讯，突然就愣住了。这则新闻配有图片、视频和文字，无论怎么看，都能确定那个律师就是白墨缘！

可是白墨缘怎么会涉嫌商业欺诈呢？

阎怡绝对不会相信的。她拿出手机拨通了白墨缘的号码，可是过了好久都没有人接听，她挂了再打，仍旧一样。

难道他已经被抓起来了？

她的心迅速往下沉，她反复地阅读这则新闻，她发现这则新闻里还有一个关键词，那就是"Magic董事会"。或许跟萧彬有关，他一定知道这件事！

阎怡掀开被子，准备穿衣服出去找他。可突然之间，她僵住了，三天前，萧彬说过的一句话在她耳畔轰鸣回荡——

"我会让你后悔的。"

那种不祥的预感迅速升级，使阎怡整个人如坠冰窖。这会是萧彬筹划的吗？为了自己去陷害白墨缘？阎怡几乎不敢想象！可不管怎么样，她都一定要去找萧彬问清楚这件事情，她始终不相信白墨缘会做出商业欺诈这样的事。

下了三天的大雪已经停了，天色放晴。阎怡走在路上，在寒冬天里呵气成霜。当她辗转几趟车来到萧家别墅前的时候，却看见大门紧锁，只有一脸寒霜的白迎雪独自站在那里。

屋檐下冰凌融化，雪水溅落在地上，发出滴答滴答的声响。

白迎雪看着迎面走来的阎怡，目光咄咄逼人："你跑到这里来做什么？还想来勾搭萧彬吗？真是不要脸！"

阎怡刚想开口，视线却在不经意间被白迎雪的肚子吸引住了，目光一下子定在了那里。两个月前，白迎雪说她怀孕已有两个月，如今应该有四个月了，可为什么她的肚子依旧那么平坦？

难道是打掉了？

阎怡困惑地问："你的孩子呢？"

白迎雪没料到她会这么问，整个人愣了一下。

"两个月前，你不是说你已经怀孕了吗？"

阎怡本来只是一句平常口气的关心和询问，可在白迎雪听来却变了一种

味道，就好像是阎怡在质疑她，在嘲弄她的谎言一样！白迎雪的目光顿时变得更加冰冷锐利："你什么意思？"

"没有，我只是问问。"与她的尖锐相比，阎怡显得很平静。

"问什么？"白迎雪冷冷地看着她，不由自主地提高了声音，"你不就是想说你拆穿了我，你知道我骗了你，于是想趁机再侮辱我一番吗？"

"什么？"阎怡露出了惊讶又无奈的表情，"迎雪，你到底在说什么？我一点儿都不明白。"

"阎怡，我没有想到你会这么不要脸，你明明答应我要跟萧彬断绝关系，现在竟然还来找他？"白迎雪的眼底好似带着烈焰，她愤怒，她憎恨，她把所有负面情绪都倾泻在阎怡的身上。

"难道说你怀孕是假的？"阎怡皱着眉，似乎还有点儿无法接受这个事实，"我真的不知道你之前在骗我，而且我是真的打算跟萧彬断绝关系。"

可白迎雪不依不饶地叫嚣着："阎怡，你少在那里做作了，这只会让我觉得恶心！"

听着她一声声控诉，阎怡张了张嘴，却一个字也说不出来，整个人都像是浸在冰水里一样。如果她真的有错，那就是她没有早点发现白迎雪的变化，没有早点顾及她的感受，要不然现在也不会变成这种局面，否则现在，她们都应该在寝室里面备考，然后大家围在一起商量实习的事情，讨论着未来的美好蓝图……

"阎怡，你一直假装无辜纯良，其实你才是最不要脸的那一个！"

听着白迎雪无休止的谩骂和指责，突然之间，阎怡觉得体内的血液"轰"的一声冲到脑部，她再也忍无可忍："够了！"

白迎雪没料到她会突然发难，一时呆住了。

阎怡的脸色青白得吓人："我说过，我也答应过你，萧彬还是你的，我会跟他说清楚的，你还想怎么样？"

白迎雪立即质问道："那你这段时间究竟去哪儿了？"

嗬，要告诉她这两个月，自己都在医院里面待着吗？在阎王殿里走了一圈，经历了生死，却依然看不透人间百态。

阎怡莫名地有些悲伤。

"哼，我早就该想到了。"白迎雪冷笑起来，她的眼中尽是厌恶的神色，"你肯定猜出我当初是在骗你，所以你也骗我说要跟萧彬断绝关系，然后就玩失踪，你这个不要脸的女人！"

阎怡皱着眉，神色复杂地看了她一眼："你这么想，只能说明你是做贼心虚，我可从头到尾都没有说什么。"

白迎雪冷眼看着她，从鼻子里哼了一声："那你现在来这里是为什么？你不要告诉我，你现在是跑来跟萧彬说，你要跟他断绝关系的？"

"该说的话，我前几天已经跟萧彬说过了。"阎怡说到这里的时候，稍稍停顿了一下，她定定地望着白迎雪，"我现在来是为了你哥哥的事。"

白迎雪愣住了："你说什么？大哥他怎么了？"

她看起来好像还什么都不知道，于是阎怡把自己看到的那则新闻从头到

尾跟她讲了一遍，她明显感到白迎雪已经吓傻了。

"我们家哪里拿得出三千万，那现在该怎么办？"白迎雪六神无主。

"去求他！去求萧彬！也许他有办法扭转局面。"阎怡看着萧家别墅，她的目光好似有种穿透力。

萧彬既然是Magic娱乐帝国的继承人，只要他肯帮忙，这件事或许就能过去。

白迎雪抿了抿唇。她现在没有半点儿方法，只能选择听取阎怡的建议，而且，她可不想后半辈子背一大堆债务。

可是她们两人在门口等了半天，无论是按门铃也好，还是在门口叫喊也好，里面都没有人回答。

夕阳缓缓下坠，天边的云时不时飘过，挡住了最后的余晖。

白迎雪幽幽地叹息了一声："没用的，这些天我每天都在这里等，但从来没有见到过萧彬。"

要怎样的深情，才能让一个人执着痴迷成这样？

阎怡看着她的眼神带着一种说不出的感慨："迎雪，我没有想到你对他，竟然是这样的深情。"

白迎雪闷哼了一声："那是当然的！我可是下定决心一定要嫁进萧家，我要成为Magic娱乐帝国的女主人！"

品味出她话里深层的意思，阎怡愣住了。她没有想到白迎雪不仅善妒、极端，还这么势力和刻薄。

就在这时，萧家别墅的铁门缓缓打开了。萧彬穿着一件单薄的衬衣走了出来。

白迎雪立即换上一个温柔又娇俏的笑容，抢先一步一路小跑过去。萧彬站在大门口，双手插在裤子口袋里，微仰着头。夕阳下，他神情倨傲，远远地看着阎怡，嘴角微微上扬，露出一抹诡谲的笑意。

白迎雪上前亲密地挽住他的手臂，娇声说："亲爱的，你终于肯出来了，你知不知道我等了你好久。"

但萧彬的视线从来都没有在她的身上停留过，一秒钟都没有，他一直看着阎怡，半似调侃半似正经地说："今天是刮了什么风，竟然把阎小姐吹过来了。"

阎小姐？

阎怡苦笑般抽了抽嘴角，以前萧彬从来没有这么称呼过她。

白迎雪还娇滴滴地靠在萧彬的身上，一个劲儿地撒娇："我们进去好不好？外面好冷。"

"冷的话就回你家里去！"说着，萧彬用力甩开了白迎雪。

白迎雪一个踉跄险些跌倒，当她站直身体再重新看向萧彬时，脸色变得有点儿发白。

阎怡看了一眼白迎雪，又看向萧彬，忍不住皱了皱眉头："她这么爱你，你为什么要这样对待她？"

萧彬冷笑着勾了勾嘴角，他说话的口气就像是刀锋一样冷冽："她爱的

只是我的钱和我的身份，不是我这个人，所以我对她根本没有兴趣，她不值得我放在眼里。"

白迎雪的背脊变得有些僵硬。

萧彬伸出手，向阎怡做出一个邀请的动作："来吧，阎小姐，我们进去聊聊。"

闻言，一旁的白迎雪难以置信地睁大了眼睛。她愤怒地瞪着阎怡，萧彬竟然主动邀请她？他们之间果然有些什么！可恶的阎怡，一直都在欺骗她！

阎怡的表情却很宁静，宁静得就像什么也没有发生一样，她一步步走向萧彬，在白迎雪的身侧站定。

白迎雪心中越发不是滋味，就好像有什么东西梗在喉间，她歇斯底里地怒吼道："萧彬，阎怡她爱的人不是你，你为什么还要对她这么好！她才不值得你去爱！"

气氛在一时间有些凝滞，阎怡看着她，心里好似有一阵风刮过，发出空洞的声响。

"以后她会的。"萧彬说完，牵起了阎怡的手。

阎怡原本想甩开他的，可是试了几次都没有挣脱开，而后想到自己这次来这里是有求于他，只得作罢。

夕阳西下，他们并肩走进了那幢豪华的别墅，渐渐远去的身影被蒙上了一层金色的光晕。

白迎雪看着这暧昧温情的一幕，心狠狠地抽搐了一下，连带身体都跟着不可抑制地颤抖起来："阎怡，我恨你！"

她的声音被风带出去很远，很远……

02

书房里，阎怡静静地立在窗前。这时候白迎雪已经走了。窗外吹来了一阵风，米色的窗帘随风飘拂。她逆光而立，整个人笼罩在一片暖色调的阴影中。

萧彬在她身后站了很久都没有说话，直到阎怡转过头来问他："既然你知道迎雪并不是因为真正爱你才跟你在一起，你为什么不早点拒绝她？给了她希望之后再让她绝望，你不觉得这样有点儿残忍吗？"

"只能怪她自己太傻了，我可从来没有给过她任何承诺。"萧彬笑得无害又自如。他斜靠在书桌前，胸前的衬衣开到了第三枚扣子，露出完美的锁骨，散发出邪魅的性感。

阎怡恍然觉得，这大概才是真实的萧彬，褪去了那伪装的温柔外衣后，此刻的他看起来危险而又有着十足的吸引力。

萧彬饶有兴趣地打量着她："你在看什么？"

阎怡微微皱眉："我在想，之前那个温柔体贴的你，和现在风流不羁的你，究竟哪一个才是真实的你。"

"有什么不同吗？我就是我。"萧彬说完不以为意地笑了笑，然后转回身在书桌前坐下，跷着他那双修长的腿，问："今天怎么这么难得，阎小姐

居然主动来找我，我还以为你一辈子都不会再进我这个门。"

阎怡想到此行的目的，决定不再绕圈子了："今天早上我看见了一则新闻，说墨缘哥涉嫌商业欺诈，这件事你知不知道？"

萧彬点头，答得倒很爽快："就在我的公司里发生的事情，我当然知道。"

阎怡认真地看着他："这是真的吗？"

萧彬再次点头："真的。"

阎怡目光流转："这不可能，墨缘哥是不会做这种事情的。"

"人为财死，鸟为食亡，本来就是很正常的事情，为什么不可能？"萧彬的回答显得相当漫不经心。

阎怡笃定地摇头："不，别人或许会，但是墨缘哥不会，他不是那种贪财的人。"

萧彬的眼神变了变，将她冷冷地从头到脚打量了一番："你凭什么这么肯定？你是他的什么人？干吗对这件事这么上心？"

阎怡一时间愣在当场。

是啊，她是白墨缘的什么人？竟然敢在这里打下包票。她的眼神慢慢变得迷离起来。她能感觉到有些感情正慢慢发生变化，可是有些习惯依旧无法改变。她微微张着嘴，似乎想说些什么，但最终什么都没有说。

时间仿佛在此刻凝固，房间里变得很安静。

过了好久，阎怡才深吸一口气，把声音放得更加低柔一些："萧彬，你可不可以帮忙调查一下？"

萧彬看着她："你还是在怀疑这件事的真实性？或者说，你是在怀疑我？"

阎怡连忙摆手申辩："不，我不是这个意思！你别误会！"

萧彬若有所思地望着她："看来你很担心他？"

"……是。"阎怡的声音变得很轻。

"那我可以告诉你，这件事我全部知道，不，应该说整件事就是我从一开始就布局好的，我就是要让的他后半辈子玩蛋！"萧彬冷酷地笑了笑，好像是在谈论一个有趣的游戏。

阎怡难以置信地瞪大了双眼，彻底消化了他话语中的意思之后，她激动地冲过去站在他面前质问道："为什么？你对墨缘哥到底有什么不满？据我所知，他在这里一直工作得很努力，也没有出什么差错，你为什么要这么对他？"

萧彬深不可测地笑了："因为你啊，阎怡！"

阎怡愣了一瞬："你说什么？"

那一刻，她好像隐约感觉到有什么从脑海里一闪而过，但是速度快得让她抓不住。

萧彬从软椅上站起来，走到她面前，站定，然后微微俯身低头，在她的耳边轻轻吐出暧昧而温热的气息："我说过的，我要为你负责，可是你却执迷不悟，一直不肯放下白墨缘，所以，我就只能让他这个碍眼的倒霉鬼彻底

从眼前消失掉。"

阎怡的肩膀轻颤了一下:"萧彬,你竟然会是这样的人!你怎么会是这样的人?"

萧彬还在笑,不咸不淡地说:"听说监狱里的日子可不好过,你说他在里面会不会觉得生不如死呢?我要不要再托人'关照关照'他?"

阎怡听出他话语背后隐藏的另一层意思,再也克制不住心底的愤怒:"你敢!"

她扬起手,狠狠地挥出去,却被萧彬牢牢地抓住了,他拉着她的手,轻轻地按在自己的唇上:"小野猫的爪子真是越来越利索了。"

阎怡不甘示弱地再次挥拳朝他脸上打去,却被萧彬顺势揽在怀里,最终那一拳就变成了情人间打情骂俏时的动作,虚弱地敲在了他的胳膊上。

萧彬嬉皮笑脸地低下头蹭着她的脸:"你这是在跟我撒娇吗?或者该说是调情?不是说打是亲,骂是爱嘛。"

阎怡又羞又怒,一时间怔在了那里。

萧彬却趁机抓住她耳边的一缕发丝,替她别到耳后,微凉的指尖从她的耳畔拂过,带起一股轻微的战栗:"阎怡,只要你肯开口,我一定会帮你。"

这是一种带有目的性的引诱,阎怡明白,只要她向他低头,就一定会跌进他挖好的陷阱里,可她却怎么都猜不透他的目的:"萧彬,你做这些事情到底是为了什么?"

"爱，因为爱啊……"萧彬勾了勾嘴角，神情似笑非笑，让人根本分不清楚他的话到底是真是假。

阎怡怔怔地望着他："萧彬，我越来越不懂你了，我值得你这么做吗？我值得你为了我去设局害人吗？"

"值得，你当然值得！总有一天，我会让你明白的。"萧彬的脸上露出了从未有过的狠绝之色，"如果有任何人敢阻止我，我就让他死无葬身之地！"

阎怡当即感到一股凉气袭遍全身："你简直就是一个疯子！"

"我是不是疯子不重要！阎怡，你只需要知道，如果你拒绝我，那么你身边的人，全都会因为你而遭殃！"萧彬发出一声轻笑，笑声中充满嘲讽的味道，不知是在讽刺阎怡，还是在讽刺他自己。

阎怡狠命咬住了双唇，竭力不让自己失控。

萧彬却还在继续刺激她的神经："还记得沈珞瑶吗？你知道她死的时候是什么样子吗？你知道她原本漂亮的面容最后在水里面被泡得有多难看吗？你难道想要你的墨缘哥也落得那样凄惨的下场？"

他的话如同一把生锈的长剑，狠狠地刺进了阎怡的五脏六腑，原本就极度紧绷的那根弦终于断裂了，她就像一头发了疯的野兽，扑上去死死地掐住萧彬的脖子，整个人散发出一股誓要和他同归于尽的恐怖气息。

可她的力气毕竟不如萧彬，他抓住她的双手用力往外一甩，就把她推得一个踉跄，一下子撞在了旁边的办公桌上，额头刚好磕在桌角上，迅速肿起

一个大包，鲜红的血随即从伤口处流了出来。

萧彬好整以暇地看着她，伸出一只手摸了摸自己的脖子："没想到为了那个没用的白墨缘，你竟然敢和我拼命！"

"你没有资格说他！"阎怡努力平复着胸腔内的气息，斜视他的目光充满愤怒，"你这种人，连墨缘哥的脚趾都比不上！"

"是吗？"萧彬的脸色顿时变得极其难看，他一把抓住阎怡的手腕，连拖带拽地将她弄出门，走到停车场，狠狠地把她丢进车里，然后迅速启动车子，一路狂奔。

有好几次，他们都差点和迎面而来的车辆相撞，幸而每次都险险地避开了。

阎怡紧紧地抓着车窗上方的扶手，惊魂未定地问："你干什么？到底要带我去哪里？"

"怎么？你也终于知道怕了吗？"萧彬发出一声冷笑，声音里带着一些压抑的暴戾，"你这个不知死活的女人，我真想把你活埋了！"

阎怡嘴唇微颤，脸色苍白如纸："萧彬，即使你把我活埋了，我也不会爱上你的！你就是一个没人爱的可怜虫！"

可怜虫？

她居然敢说他可怜？他最讨厌的就是被人可怜了！

从父母相继去世后，他就已经受够了那种廉价的感情。

现在这个女人竟然也敢嘲笑他！

萧彬猛地踩住刹车，将车子停在路边，然后探身粗暴地一把抓住她，将她死命拉向自己这边，一低头就狠狠地吻下去。这个吻带着浓浓的掠夺，还充满征服的意味。

阎怡拼命挣扎着，突然"砰"的一声，她的头一下子撞到了坚硬的仪表台上，她只觉得脑袋里"嗡"的一声，然后头一歪，便陷入了昏迷。

过了好久好久，她才恢复了一些意识，睁开眼睛的时候，额头依然疼得厉害，手背上还扎着输液针。她的视线在房间里转了一圈，这里应该是某家医院的高级病房。窗外已是夜幕降临，萧彬坐在床边的沙发上，窗外投来的碎小暗影落在他的脸上，摇摆不定。

"你给我滚！"她咬牙吐出这样一句话。

萧彬站起身，将手撑在床沿，居高临下地看着她，冷笑着说："怎么？你还想在医院再试试？"

阎怡立即顿住了，没有往下说，她将唇抿得死紧，肩膀微微发抖，似乎在极力克制自己。

萧彬哈哈大笑："阎怡，你也不过如此！"然后他俯下身，几乎贴在她的耳根说话，"看到你为了白墨缘这么拼命的分上，我可以放过他，甚至可以撤诉，但是我有一个条件。"

阎怡猛然睁大双眼："什么条件？"

"我要你做我的情人！"萧彬的声音清晰地传入耳中。

阎怡不可抑制地恍惚了一下："你还是要我做你的女朋友？"

萧彬轻笑一声，笑声中充满嘲讽的味道："不，不是女朋友，只是情人，这是有区别的！"从今以后，他要她成为一个情感奴隶，任由他予取予求。

一瞬间，阎怡的脑中好像有什么东西炸开了，她怔在那里，许久都没回过神来。

"你心里一直念念不忘白墨缘，甚至为了他不惜跟我拼命，你认为你还有资格做我的女朋友吗？"萧彬的声音像是一把尖刀，极富穿透力，凶猛地剖开阎怡的身体，直抵她的灵魂深处。

阎怡死命咬住嘴唇，抑制住心底那些汹涌奔腾的情绪。

萧彬却笑了，似乎很享受看到她愤怒却无可奈何的模样："阎怡，你只是我的一个玩偶，要是哪天我没兴趣了，随时就可以丢开！"

"够了，够了，不要说了！"阎怡拼命捂住耳朵，她拒绝再听见他那些充满侮辱性质的话。

萧彬却霸道地抓住她的双手，固执地将她的脑袋扳向自己，逼她听自己继续说下去："求我吧，阎怡，只要你开口求我，我就放过白墨缘。"

阎怡恶狠狠地看着他，暗暗握紧了双拳，却硬生生忍住了，没有朝他挥出拳头。

萧彬笑了，俯身将唇覆在她的唇上，然后轻轻地咬下去，直到嘴里尝到了一丝腥甜的味道才放开："记住了，你只能是我的。"

阎怡僵硬地挺直脊背，在极致的痛苦之后，整个人渐渐麻木了。

她冷冷地看着萧彬，嘴边露出了一抹妖娆的笑容："只要墨缘哥平安，你想要我做什么都无所谓……"

03

"只要墨缘哥平安，你想要我做什么都无所谓……"

这句话如同魔咒一般，一直在萧彬的耳边回荡，一次次撞击着他的耳膜。

心脏的某一处好像被一条细小的毒舌咬了一口，虽然短时间内不足以致命，但那种绵密的痛楚如同毒药，慢慢地越渗越深，占据了全身的每一个毛孔。

萧彬坐在沙发上，眼睛一直看着窗外，心思更是不知道飘忽到了什么地方。突然之间，他露出了一个古怪的笑容，拿出手机，按下了白迎雪的电话号码。

"是我。"他意味不明地轻笑着，"来我家里吧，有些事情，我想当面跟你解释一下。"

清晨的阳光在窗前跳跃，挂了电话后，他很长一段时间都没再说话。他知道，如果要真的伤害到阎怡，就只有从她身边的人下手，让她的整个生活圈子全线崩溃！

此时阎怡已经在萧彬家里住了三天，他依然把她安置在原先那个有着天窗的阁楼里。

　　萧彬走上楼梯，来到这间房前，径直推开门走进去，来到阎怡的床边，一言不发地站在那里看了她许久。

　　现在时间还早，整个房间清冷静谧，只有天窗外的阳光安静地倾泻下来。

　　阎怡蒙着被子，侧脸向内，看样子好像仍在酣睡。萧彬猛地俯身掀开被子，她立即尖叫着翻身爬起来。

　　萧彬看着她的眼神意味深长："你果然已经醒了。"

　　这三天里，阎怡都没有睡熟，她不知道萧彬什么时候会来，更不知道他来了之后会做什么事情，所以她看着他的时候，眼底尽是防备和警惕的神色。

　　萧彬却露出了一个如猫捉耗子般的笑容："你先去洗个澡，我不爱跟脏兮兮的女人谈话。"

　　阎怡犹豫了一瞬，却没有动。

　　萧彬在床边坐下，看着她："你要是不乐意，那我不介意帮你洗哦。"

　　阎怡立即下意识地向后挪了挪身体："可不可以不要这样？"

　　萧彬注视着她，一侧眉毛微微上挑："不要怎样？"

　　阎怡不得不垂下头，她隐隐觉得不能继续说下去了，眼下这种情况，她没有能力反抗，只有乖乖拿着换洗的衣服朝浴室走去。只是在半路却被萧彬拦住了，他丢给她一件白色的浴袍，嘱咐道："等下你穿这个。"

　　阎怡接过那件浴袍里里外外看了一遍，并没有发现任何问题。进浴室之后，她小心地反锁了浴室的门，然后将浴缸里面的水放得很满，把自己整个都浸在了热水中。

她不知道萧彬为什么要拿白墨缘来威胁自己向他臣服，难道为爱痴狂的人就会做出这样疯狂的事情来吗？现在的萧彬也跟白迎雪一样变得别扭又极端，如果自己在一开始就不给他任何希望，事情也许就不会发展成这个样子……

她心里乱糟糟的，想了很多，也想过各种可能。当她从浴缸里出来，已是半个小时以后，全身都被烫得通红。她一边擦拭着身体，一边琢磨着待会儿与萧彬再次见面的情景，最好的结果是她能安抚好他的情绪，让他放过白墨缘，重新变回以前她认识的那个温柔体贴的萧彬。

当她穿着浴袍从浴室走出来后，萧彬的视线一直饶有兴味地追随着她的身影，阎怡忽然觉得有些心慌，之前理顺的思路又乱了。

萧彬步步逼近，冲她邪魅地扬唇一笑："你怕什么？我又不是老虎。"

阎怡一步步后退，但是他的动作显然比她要快些，一下子就扑过来，把她压倒在床上。阎怡拼命挣扎，湿漉漉的头发黏在她的脸上，像是深海里的海藻。

萧彬整个人已经压上来，低头便吻了下去："你记住之前承诺的事情，要不然，我随时都可以让白墨缘玩蛋！"

"放开我！"阎怡慌乱不已，本能地用手推拒着他的靠近。

萧彬贴在她耳畔低声说："如果我说不呢？"

阎怡奋力挣扎着："你不要这样，有话好好说。"

"我一直在说啊，你没有感受到吗？"萧彬狠狠地吻住她。

阎怡下意识地挣扎，可她越挣扎，萧彬吻得越深，曾经温暖的气息好像消失殆尽，此刻她的脑中只剩下屈辱和不甘，她开始哭，她究竟做错了什么？事情为什么会变成这样？

滚热的泪水沾湿了萧彬的脸颊，他的动作突然一滞，低头看着阎怡虚弱苍白的容颜，就像面对一个不可碰触的泡沫，随时都可能会破碎。

那一刻，他感到内心某个角落的一根弦被轻轻撩拨着，再也无法继续之前蛮横的动作……

冬日里的阳光透过天窗倾泻下来，一缕缕光线在空中流动着。

阎怡躺在床上，微微眨动着双眼，莫名其妙地有些失神。过了许久她才反应过来，从床上爬了起来。

萧彬最后还是放过了她，现在他已经不在房间里，可是不知道他接下来又会做什么。阎怡走出卧室，听到楼下的厨房里传来一些声音，她这才觉得肚子饿得咕咕响，只是走到门口却惊讶地发现，竟然是萧彬在做早餐。

阎怡看着他挺拔的身影，想起他之前待她那样好，以及现在的恶劣行径，只觉得那一切如同在梦中一般。

萧彬察觉到身后的动静，转过身，看着她问道："早上吃番茄牛腩面加煎鸡蛋，好不好？"他说得轻描淡写，好像他们是一对再甜蜜不过的恋人。

阎怡愣了一下，心口有些发紧。

萧彬走过来，亲密地拍了拍她的肩头："这里油烟大，你先去客厅等着。"他似乎又变回了以前那个温柔体贴的萧彬。

阎怡怔怔地望着他忙碌的背影发呆，不由自主地伸手抚上自己的肩头，他方才按住的地方仿佛还留着余温。

他究竟是怎样一个人呢？

他做过的那些离谱出格的事情，真的是一时为爱疯狂了吗？

阎怡咬唇看他："我真的值得你这样做吗？萧彬，你明明……"

萧彬的身影微微踌躇，然后他转过来，再次走到阎怡的面前，眼底露出执着的光亮。阎怡突然感到一阵没有来由的心悸。下一秒，萧彬俯下身，在她的额头落下一个轻柔的吻，他说："我做了那么多，只是想要你爱我。"

阎怡微微晃神，萧彬就像一个双面人，一面天使，一面恶魔，究竟哪一个才是真正的他？

"今天还是你最喜欢的番茄牛腩面搭配煎鸡蛋，待会我们一起吃，好不好？"萧彬轻轻抚着她的长发。

阎怡心中有些迷离，觉得自己似乎无所适从。他总是一副稳操胜券的模样，按照他自己所需要的结果变换着他的套路，带着一点儿点儿的戏弄出现在她的面前，就像带着诡谲的魔力一样，一寸寸侵入骨髓。

与此同时，白迎雪走进了萧家。她在不远处的大厅里看到了刚刚那温馨而又暧昧的一幕，看见萧彬俯身亲吻了阎怡的额头。冬日里的暖阳从厨房的

窗户倾泻进来，照在他们的身上，给他们染上一层淡淡的金辉，好似永远都不会散去，将那一幕定格成永恒。

她死死地咬着唇，心底抽痛不已。因为她发现，他们俩站在一起，竟是那么般配。

那一瞬间，她觉得自己整个人如同被撕裂一般，痛彻心扉。

阎怡，你居然说谎骗我，这一次，我绝对不会再原谅你！我一定要让你永远从这个世界上消失！

铺天盖地的恨将她拉入了暗不见底的深渊！

第七章

充 满 不 安 与 希 望

01

12月底的寒冬夜里，外面风似霜刃。

阎怡已经睡下了，萧彬悄然凝望着她的睡颜，看了许久才转身，缓步走过走廊，到了花园里。外边天色早已黑尽，夜风也凉得惊人，他穿着单薄的衣衫在花园里散步。已经不记得从什么时候开始，他喜欢上了这种刺骨的冷，或许是因为只有习惯了这种冷，当遇到再让他寒心彻骨的事情时，就会觉得没有什么大不了了。

萧彬看着无尽的黑夜，这种状态持续了多久，他自己都不知道，直到最后倦了困了，他才回到房间，在阎怡身边躺下。

这一夜，他睡得很不好，做了噩梦，梦到回到了原来住的地方。他站在门口看着那个曾经的家，它静卧在晨光之下，仿佛一只暗夜里的巨兽，只要一张口，就能将他吞没。

光线朦胧，他推开铁门走进去。这幢别墅很大，比他现在住的还要大上三四倍，风格偏向古代的殿宇。沿着鹅卵石铺成的小路走进花园，这里全是他母亲生前种下的玫瑰花。风吹过，枝叶摇动，红艳的花瓣漫天旋舞。他仿佛看见了母亲温柔的笑容，想追上去抓住，可玫瑰花瓣只是轻轻擦过他的掌心，然后随着风飘得很远，很远。他握紧那只手，心里有些说不出的失落。

煦暖的阳光照在身上，可他却垂下头，脸上出现一大片阴影。

过了好久，他才再次迈开步伐，走到别墅的大门前。他用力推开那扇门，随之而来的是沉闷的哭泣声，一波接一波，震撼着他的胸腔。他的视线朝整个大厅里扫了过去，黑压压的一片，站满了穿着黑衣服的人。

"萧少爷。"

人群中有人这么称呼他，紧接着所有人的视线都整齐地看向他。

在这群人的注视下，他觉得全身的骨骼都渗透进了凉意，他一步步向前走着，在视线的尽头，摆放着一个长方形的黑色木箱，好像是一副棺材。

视线明明聚焦在那个位置，却又好像被人蒙上了一层透明的虚影，像失了焦的镜头。

大厅的天顶极高，上面装着豪华的吊灯，垂下犹如瀑布一般密集有序的水晶。他的脚步声沉重又有力，仿佛他接下来要做的事情极其神圣。在所有人的注视下，他走到了最前面，俯身向那口黑箱子里面看去，只一眼，他就觉得全身的血液都凝固了，连四肢都再也无法动弹。

棺材里面躺着的人，竟然就是父亲！

他面色苍白，呼吸全无，显然已经死去多时……

仿佛一道闪电从脑海里掠过，眼前的场景瞬间肢解，变幻出无数个奇形怪状的模样，他感到躯体越发沉重，梦境也变得凌乱不堪，聚满了各种支离

破碎的画面。

当一切再次平稳下来的时候，眼前的场景已经变成无数个关着门的房间，由上下左右无数个台阶连接，他独自在上面疯狂地奔跑着，似乎在寻找着什么，他用力推开每一扇门，可每扇门后面都是空荡荡的。

为什么这么大的空间里却连一个人都没有？人呢？他们都去哪里了？为什么这个世界上就只剩下他孤零零的一个人？

孤独、寂寞、恐惧……所有来自黑暗里的东西蜂拥袭来，幻化成了一个无底的黑洞，拉着他向下坠去，跌入暗无天日的深渊里……

已经临近中午，萧彬还没有醒过来，他一直紧皱着眉头，好像陷入了漫无边际的痛苦中，无法自拔。

阎怡坐在床边，伸手探了一下他的额头，惊讶地发现居然烫得惊人！

他好像是发烧了！

她慌慌张张地叫来管家，在好一顿手忙脚乱后，才将萧彬送到医院。可住院几天以来，萧彬的病情一直反反复复，没有太多起色。

看着躺在病床上形容憔悴的萧彬，阎怡惶恐不安地发现自己的胸口竟然会隐隐作痛。

她居然会担心他，会为他心痛，这个认知让她很是茫然无措。难道说，在不知不觉间，她已经陷入他撒开的情网中，再也无法脱身？

"来，喝药吧。"她端来药，低眉递给他。

萧彬定定地望着她的脸："为什么要管我？"

阎怡看着他，神色有些许躲闪，迟疑了一会儿才说："你以前不是也救过我吗？"

萧彬冷笑了两声："只是为了回报我吗？那大可不必。而且如果你当时抓住机会偷偷走掉，或许现在我已经死了，你就可以摆脱我了。"

阎怡皱了皱眉："怎么会呢？你家里还有管家和女佣，他们也会发现你生病了的。"

萧彬摇头苦笑起来："不会的，我跟他们说过，永远都不要踏进我的房间，即便是我死在里面。"

"你这又是何必呢……"阎怡看着他，心莫名地沉了下去。

"你不会懂的。"萧彬说着，目光越来越涣散。

阎怡看着他，却不知道他的思绪飘到了哪里。她以前一直觉得像他这样的富家子弟应该是最无忧无虑的，可是为什么此刻他会看起来这么悲伤？

她迟疑了一下，俯身放柔了语调说道："马上就要到新年了，所有不开心的事，就让它们随风飘散吧。"

听出她话语里的关切，萧彬的心中莫名一动，他看着阎怡，怔怔出神。身后的窗外飘来一阵风，扬起她的长发，有几缕轻轻拂过他的脸颊，隐约嗅到一股香甜的味道，是来自她发间的香味。

"哎呀，忘记关窗户了。"阎怡一边急急地站起来去关窗，一边埋怨着自己，"我想着今天天气好，就开窗透透气，忘记你还没有完全康复，我真是太粗心了。"

虽然已经是冬天，但今天的天气很好，窗外吹来的风也不太冷，反而有种温暖的感觉。萧彬没有说话，只是看着她小心翼翼地关上窗户，转身走过来，重新坐在床边。

她的声音依然温温软软的："有没有想吃的东西？"

萧彬摇摇头，凝视她许久才开口："不过倒是有个地方想要你陪我一起去。"

阎怡连忙问："哪里？"

"我家。"

"想家了吗？"阎怡忍不住笑了一下，这才是萧彬啊，无论他是看起来温柔，还是邪魅，或者是霸道，他的身上总能透出一些孩子气。她温柔地望着他，说："等你好了就回家，比起这里，那个有着天窗的房间真的很不错，抬头就可以看到头顶的蓝天。"她似乎丝毫都没有察觉到自己潜意识里已经不抗拒那个地方了。

萧彬却一口否认了："不，不是那个地方，是我以前住的家……"

阎怡愣了一瞬："那是哪里？"

萧彬没有说话，而是转头看着窗外，一阵风从树梢刮过，带着枯萎的树叶飞到高远辽阔的天空……

02

萧彬出院后，阎怡陪着他回了老家，就在A市郊区，萧家还有一座老宅。

"我知道那个地方，我记得我小时候去过，好像是陪我妈妈去的。"阎怡皱着眉努力回想着，只是那段记忆太久远了，有些画面已经不太清晰，"都十年了，我几乎忘了。"

萧彬静静地听她说着，那个地方对他来说何尝不是一个想永远忘记不再想起的禁区呢，可越想忘却越忘不掉。

见他一直沉默，阎怡也无趣地不再讲下去，她一手撑着脑袋，看着车窗外。冬天的清晨格外阴冷，铅灰色的浓云堆叠到天边，抬头不见一丝阳光。

十年前，她母亲病重，需要换肾，如果无法找到合适的肾源，可能就会随时有生命危险，那一年她才11岁，也是冬天，她还记得当她站在专家诊疗室的门口偷听到这件事的时候，小脸在刹那间变得惨白，她以为妈妈要死了，就窝在角落里拼命地哭，几近崩溃。那个时候，有个男人走过来抱起她，阎怡还记得那个男人的身上带着若有若无的烟草香和莫名温暖的味道，他问："你叫阎怡吗？"

她趴在他的怀里，一边继续用力哭，一边点头。

那个英俊的中年男人若有所思地打量着她说："我以前曾经跟她说过，如果有一天她生了女儿，我希望用'怡'这个字作为名字……"

阎怡没有听明白，她那会儿只知道哭。

那个男人接着问："你为什么要哭？这么可爱的小姑娘怎么哭成这样？"

阎怡含糊不清地告诉他："我妈妈要死了，我不想她死。"

那个男人柔声安慰她："不会的，你妈妈不会死的。我不会让她死的。"

阎怡愣了一下，抬起头看着他。

她记得那天的阳光特别明媚，明媚得几乎都照花了那个男人的模样，无论她怎么努力去回忆都看不清楚他的面容。

在那之后，果然如同那个男人承诺的一样，阎怡的母亲得救了。可母亲却在一个月后告诉她，那个男人死了！

阎怡突然觉得脑部有些疼，她揉着太阳穴，怎么都想不起那个男人的名字。

萧彬猛地踩住刹车，把车子停了下来，看着窗外不远处的雀山发呆。

阎怡也随着他的视线望过去，这里虽然叫"雀山"，实际上却是一个不太高的山丘，据说上面有一座小寺庙，寺庙前面种着一株老树，常年青绿，只要在寺庙里求得一条红丝带，然后写上心愿，系在树上，就能梦想成真。

阎怡看了一眼萧彬："要去吗？"

萧彬没有回答她，而是直接将车熄了火，打开车门走了下去。

萧彬望着雀山，他永远都记得，十年前，他母亲曾在新年的那天晚上，约父亲到雀山系红丝带，可是她等了一天一夜，都没有等到父亲，而就在几天之后，却得到了他捐肾救人的消息。

萧彬的双手紧紧地握成拳头，他的瞳孔也在瞬间冰冷地缩紧。

阎怡走下车，冷风扑面吹来，她看见萧彬的背影像是凝满了无限的悲伤，她怔了一刻，心口莫名地有些发紧。她轻轻喊了声："萧彬……"

萧彬松开双手，转过身，脸上已经恢复往日的神态："走吧，我们上去看看。"

阎怡点点头，跟着他沿着小道往山上走。

雀山这个地方，阎怡很早以前就听说过，可一直无缘一见。时下虽已入冬，但这个地方还有参天的树木。阎怡看着郁郁葱葱的老树，感觉宛若走在春天里。她走到萧彬身边，想跟他搭上几句话，可见他脸色沉郁得可怕，心里便忐忑起来，自从萧彬生病以来，他就好像换了一个人似的，变得沉默寡言。

阎怡张了张嘴，最后却连一个字也没说出来，她突然惊觉自己竟不会表达关心，以前也从未真正在意过萧彬到底在想些什么，她踌躇半晌只弱声问："你有心事吗？"

萧彬走在前面，并没有回答。

阎怡默默地跟在他的身后，这或许是她第一次认真地凝视萧彬的背影，觉得有种说不出的落寞。

一路两人始终沉默无语。直到山顶，萧彬站在许愿树下，天边铅灰色的浓云密密堆叠到了一处，恰如他眼底的郁郁之色。

阎怡望着他，越发有些心慌，一阵阵寒风吹来，带着山里特有的湿冷潮气。

进入寺庙后，阎怡特意去求了一条红丝带。她紧紧握着红丝带放在胸

口，就好像把心底那份热切的愿望放进了里面。末了，她侧过脸来静静地看着萧彬，见他站在树下，目光深幽如潭。她轻声问道："你想许什么愿望？要不要我帮你也去求一条？"

萧彬面无表情地开口，语声迟缓："不了。"

阎怡试探着继续问他："大老远跑到这里来，不写个愿望吗？"

"已经没有这个必要了……"萧彬的语调变得沉重，就像有什么厚重的东西黏覆在上面。

他究竟在想什么？

最近几天萧彬好像心事重重的，阎怡看在眼里，却分不清心中是何种滋味。她拿着红丝带走到老树边，跳起来试图够着树枝，可是试了好多次都是失败。冬天里的寒风吹动着树梢，寒意通过衣领钻进去，她重重地打了个寒战。

"给我。"萧彬向她伸出一只手。

阎怡愣了愣："什么？"

萧彬没有打算跟她解释，而是一把拿过她手里的红丝带，身手敏捷地攀住一根枝丫，将丝带系在了上面。

阎怡仰望着那条随风飘动的红丝带，嘴角不由自主地弯起了一个微笑的弧度。

恰逢这时，太阳终于穿透厚厚的云层，日光穿透密林照耀在地面上形成漂亮的光斑。她看着萧彬，从树缝中落下的阳光把他的眉眼都映成了金色。

她感到时间仿佛永远停在了这一刻。

03

阎怡从来没有想过，原来她跟萧彬之间，竟然还有这样深的渊源。

回到萧家老宅后，萧彬第一时间就去了后山的墓地，阎怡也跟着他一起去了。这一条路，她越走越熟悉，仔细回想，往日里零星的画面逐渐清晰起来。

十年前，阎怡的母亲带她来过这里，母亲告诉她，这里睡着的是救命恩人。那一天，阎怡的母亲在这块墓碑前哭得声嘶力竭。她不懂母亲为何如此悲伤，即便是过了很多年，当阎怡再次问起这件事情的时候，母亲也只是告诉她，这个世界上永远会有一个人值得你用一辈子的时间去怀念……

那个时候阎怡犹自懵懂，她不懂这种刻骨铭心的思恋，也不懂这种伤心欲绝的痛苦。

淡淡阳光穿透云层，萧彬带着阎怡在那块熟悉的墓碑前站定，看着墓碑上刻着的名字。

突然间，阎怡就煞白了脸。

难道说，母亲的救命恩人就是萧彬的父亲？

萧彬蹲在墓前，用手清理着墓碑上的灰尘，幽幽地开口："这是我爸，他走了十年了。"

看着他悲伤的面容，阎怡满怀愧疚，如果不是为了救母亲，萧彬的父亲

不会那么早就走了。

她也终于知道萧彬这些天的忧伤到底来自哪里，他在思恋他的家人。原来她不仅欠他一份深情的爱，还欠他一条命，甚至是一个完整的家。她张了张嘴，可话到嘴边却哽住了。现在她能跟萧彬说什么呢？即便说，她又该用什么样的口气跟他说呢？如果不是自己的母亲，或许萧彬的父亲还活着，如果他知道了这一切，一定会恨死自己吧！

阎怡咬住嘴唇，手心渐渐冰冷，她感到一阵揪心的疼痛。

"我爸是一个工作狂，他实在是太不爱惜自己的身体了。如果他还活着，一家人团团圆圆的该有多好……"萧彬的话里透着浓浓的伤感，他看着墓碑的眼神却冷如冰屑。

如果阎怡看到他此刻的这个眼神，她的血液和骨髓一定都会冷透，但是萧彬背对着她，所以她无法看到。

阎怡只听到了他悲凉的声音，她掩住脸，满心酸楚，不愿让萧彬看见她眼里的泪光和愧疚。

午后冬日的阳光有种别样的静谧，萧彬蹲在墓碑前，阎怡站在他身后，就好像是一幅被定格住的画面。

这天晚上，萧彬带着阎怡住进了萧家老宅，他领着她到了一间独立的卧房前，说："今天晚上你睡这里吧。"

阎怡一个人窝在床上，她觉得自己已经陷在一种更加复杂的情绪里面，就像是被蜡封住了似的，整个人被哀伤与沮丧的情绪包围着，无法脱身。她真的没有想到萧彬竟然是救了母亲性命的恩人的儿子，萧彬知道这些吗？如果他知道了，他会憎恨自己吗？

胸口涌起一阵闷闷的钝痛，她几乎不敢想象，如果萧彬恨她，会怎么样？

时间一分一秒地过去，窗外，冬天里的寒风呼呼吹过，几片凋零的黄叶随之飞了起来，最后飘远，融入浓重的夜色里。夜很深了，阎怡还是没有入睡，她的耳边似乎听见钢琴的声音，在房间上空回荡。

她循着声音走出去，一直走到别墅的最顶层。门是虚掩着的，缝隙中有微弱的烛光倾泻出来。

她轻轻推开门向里望去，所有的窗户都被打开了，白色的纱幔被夜风撩起，外面就是玫瑰花园，而房间里却空荡荡的，只有一架白色的钢琴，上面摆放着两样东西，一个银质烛台，一个老式CD机，音乐就是从这里面流淌出来的。

阎怡走进去，赫然发现窗前站着一个人，是萧彬！

窗外的月光倾泻进来，映照着他像月色一样光洁的脸。阎怡一时手足无措，不知道是该继续走进去，还是悄悄转身离开。

萧彬好像察觉到身后有人，缓缓转身，看到是她之后，一脸沉静地问："吵着你了吗？"

"没有，我只是路过。"可这个谎言显然很假，阎怡低头看着脚尖，她惊觉自己竟不会撒谎。

萧彬拿着银质烛台走出来，跃动的烛火在他的身体周围染上一层淡淡的光晕，身后的房间则布满了冬夜里的星辉。他温柔地侧过头注视着阎怡："这么晚了，怎么还不睡觉？"

"睡不着。"阎怡的嘴角泛起一抹无奈而又苦涩的笑容，十年前的往事，来回地在她心上摆荡，她不知道该怎么继续面对萧彬。

萧彬的目光沉静如海，他低声问："怎么了？住着不习惯吗？"

他还是一如最初认识时那般温柔和体贴，阎怡紧紧地握着双手，深深的愧疚感开始在她的血液中奔涌："对不起……"

萧彬的表情微微愕然："怎么突然这么说？"

阎怡张了张嘴，有些话已到了嘴边，却又哑然。

萧彬仿佛不想让她为难，冲她笑了笑："没事的话，就早点回去休息吧，我还想在这里再待一会儿。"

阎怡轻声问他："你不打算休息吗？"

萧彬摇摇头，他的神色有几分悲凉，他说："不了，那歌是我爸生前最喜欢的，我还想在这里再陪陪他。"

阎怡望着他，眼底悔痛纠缠。

如果不是因为十年前的事，萧彬一定不会是这样的，他一定过得比现在快乐幸福，他的笑容里更不会隐有几许悲凉。

见她呆呆的没有动，萧彬忍不住问道："怎么了？"

阎怡紧紧地抿住唇角，低下了头。

萧彬伸手按住她肩头，关切地问："你有心事？能跟我说说吗？"

他的话仿佛带着魔力，阎怡决定豁出去了，索性将压在心里的话统统吐出，她语速飞快地跟他讲了十年前的那些事情。

往事如同浮光掠影一般，她从来没有想过这段已经被她深埋在记忆深处的往事现在说起来竟然会这般清晰。

最后，她哽咽着说："对不起，萧彬，如果不是为了救我妈，或许你爸爸他还活着……"

如果萧彬要恨她，那就恨吧，她愿意承受，因为这一切都是她欠他的！

时间一点儿点儿地流逝，阎怡觉得，每一秒都如同一个世纪那么长。

夜更深，人更静。

终于，萧彬按住她肩头的手滑到她的腰际，顺势将她揽到了怀里。

"萧彬，你骂我，骂我吧！"阎怡抽噎着，泪水如珍珠般滚滚而下。

萧彬手中的银质烛台上烛光摇曳，一闪一闪，映在地上，化出的影子似乎成了千百条魔影，有如他的脸色一般透着生硬冰冷的寒芒。

阎怡一直在等着他说话，她靠在他的怀里，看着他身后的房间。月色沁入，铺在地上，也铺进了心里，带来微微的凉意。

"我恨你做什么？已经过去了十年，都过去了……"萧彬的眼神里好似深藏着不被人知晓的秘密。

阎怡的脸上浮现出不可思议的神色："你真的不生气吗？真的不恨我吗？"她想抬头看他，却被萧彬紧紧地按在了怀里。

“怎么会呢，你是阎怡啊……”

萧彬笑了，可是那个笑却带着深深的嘲讽，还有不甘。

第八章

命 运 和 偶 然 的 交 叠

01

一辆黑色的兰博基尼缓缓停在一家名为"桑榆"的复古式酒店门口，这是萧家产业下的酒店，从来都只供给萧家宴会所用，绝不对外开放。

门童候在酒店门前，恭敬地将车门打开。萧彬着一身黑色西装走出来，他向车内一伸手，阎怡扶住他的手肘下车，她穿着一身宝蓝色的裸肩长裙，挽着萧彬，两人一同走进宴会厅内。

这家酒店，阎怡慕名已久，没想到今夜有机会进来。一扇扇雕花长门全部开启，悠扬高雅的调子在耳边飘荡，远远就看见复古式的水晶吊灯散发着晶莹夺目的光芒。

最中央是一个华美的舞池，场内光影变幻，阎怡微眯起眼，几乎以为自己是踏了入幻境，这是Magic娱乐帝国的年会会场，一路走去好似步步生辉。

进了宴会厅，阎怡觉得自己此时的表情一定僵硬极了。她一直紧紧攥住萧彬的手，能感受到有很多目光落在自己的身上，意味各不相同。

相比之下，萧彬倒一派从容，他携了阎怡穿过大厅，毫不在意周遭的目光，反而十分享受这种感觉。

这时，一位中年男子率先走过来，他一边兴高采烈地拍着萧彬的肩膀问候，一边好奇地打量阎怡。通过他们之间的谈话，阎怡大概知道这位李先生跟萧家有多年的交情。末了，李先生忍不住问了句："这位是……"

"我女朋友，阎怡。"萧彬大方地介绍着。

女朋友？

阎怡的脸当即就像被热风吹到了似的，绯红滚烫。她讶异地望着萧彬，萧彬的目光也落在她的脸上，深情缱绻，令她觉得全身的血液都在顷刻间沸腾了。

她从未想过他会当众宣称自己是他的女朋友……

见她一脸怔忪，萧彬终于忍不住提醒她："阎怡，李先生在跟你说话。"

她回过神来，望向李先生，连忙颔首致意。

李先生暧昧地笑了两声后，说："我就不打扰你们了。"然后就转身离开了。

宴会厅中低缓的音乐如水流淌，在迷离变幻的灯色下，阎怡仰起脸来问萧彬："你为什么说我是你女朋友？"

"难道不是吗？"萧彬探手钩住她的腰肢，低头便吻下去。

阎怡吓得立马推开他："这里很多人！"

萧彬笑了笑，圈紧她的身子，贴在她耳畔低声说："这样才能昭告天下，你是我的女人。"

"别胡说！"阎怡羞得满面飞红。

头顶的灯光迷离惑人，沉浸在遐思中的阎怡突然感觉到萧彬的身体变得僵硬起来，他圈在她腰侧的手越收越紧。她诧异地抬头看向他，可第一眼却看见了白墨缘！

他目光炯炯地望着他们这边，眼里好像要喷出火来一般。

"萧总！"白墨缘走到萧彬的面前，他似乎都没有看过阎怡一眼，但是阎怡感受到了一股针尖般的寒意。

萧彬从容地跟他打了一声招呼，并为阎怡介绍站在白墨缘身边的人。阎怡这时才发现，原来还有另外一个人。

萧彬指着那位戴着眼镜、斯文儒雅的年轻男子说："这位是慕谦，也是我们Magic的律师。"

慕谦似有若无地瞟了一眼萧彬，然后探身握住阎怡的手，说："很荣幸认识你。"

阎怡伸出手，触到他冰凉的指尖，如在水中浸润千年的玉石。

白墨缘的目光终于落到了阎怡的身上，虽然此时她的脸上依然带着笑，却已笑得十分僵硬。

气氛一时间有些凝滞。

阎怡缩回手，掩饰着心里的慌乱，仰头对萧彬说："开幕式马上就要开始了呢。"她需要找个理由逃走，如果继续站在这里，她觉得自己的情绪绝对会失控的。

萧彬静静地看着她，没有放过她脸上每一个细微的表情，自然也看出了她的异常，他微皱眉头："好，我们走吧。"声音平缓不带一丝喜怒。可是在转身要离开的时候，他最后看向白墨缘的那一眼，却如三九寒霜般充满寒意。

而白墨缘此时的注意力全都放在阎怡的身上，他的眼底掠过质疑的光芒，这让阎怡更加不安。

直到跟着萧彬走到宴会厅最前面的位置，白墨缘的眼神仍在她眼前挥之不去。

宴会厅中金碧辉煌，人影交错，然而那一切的繁华与喧闹对阎怡来说，似乎只是一些可有可无的布景。

她失魂落魄的样子令萧彬有些不悦地皱眉："我承诺你的事情，我已经办到了，我也希望你能兑现你的承诺。"

阎怡回神，神情恍惚地看着他："我记得的……"只是她说话的时候，依然有些心不在焉。

萧彬不由得沉下脸来，命令她："吻我！"

阎怡愣了一下，好像刚刚从一场梦里醒来，久久都没有行动。

萧彬忍不住稍稍提高了声音："现在马上就吻我，用实际行动来证明你没有忘记我们之间的约定。"

阎怡目不转睛地瞪着他。

僵持片刻后，她缓缓闭上眼，踮起脚在他的脸颊轻轻地碰触了一下，虽

然有些敷衍，但萧彬似乎容忍了。

Magic娱乐帝国的年会即将开始，作为董事的萧彬站在台上做年会致辞。

阎怡看着他。整个宴会大厅的灯光俱暗，唯有一束白光照着他，那袭黑色礼服衬得他的身段越发修长迷人，举止也贵气十足，足以令在场的所有人都自愧弗如。

她目不转睛地注视着他，明明近在咫尺，却有种遥不可及的错觉。

最后在满场掌声中，萧彬步履从容地走下来，走到她身侧，伸手挽住她的手，与她四目相对，露出了一个君临天下般的笑容，仿佛一切都尽在他的掌握中，Magic娱乐帝国如是，她亦然。

直到半夜，宴会才结束，阎怡喝了些酒，脸颊上带着胭脂般的红晕。萧彬搂着她走出宴会厅，外面星光璀璨，阎怡微扬了脸："我好像真的喝得有点多。"

"那些人敬酒你就要喝吗？真是傻透了！"萧彬说着脱下外套披在她身上，伸手搂紧她，彼此的体热穿过衣料传达到骨子里。

阎怡仰头看着他，微略沙哑的低声有些撩人："我本来就很傻啊，要不然怎么会上你的当呢？"

萧彬凝视着她，眼神说不出的魅惑："好多人争着抢着想上我的当，我还不干呢。所以，你应该觉得自己很幸运才对！"

他眼底的深情让阎怡的心微微颤动了一下，但是想到过去的事情，她的神色又黯然了："可是，我欠你的太多，怕是一辈子都还不清了……"

"那就用一辈子来还吧。"萧彬的唇压下来吻住她。

阎怡的目光颤了颤，他身后的那片星空皎洁而广阔，一缕亮光划出旖旎的轨迹，向另一方向落去。

白墨缘恰好这时走出宴会厅，看到了这一幕，他不由自主地紧紧捏住双手，骨节都已泛白。

"一个女人倘若变心移情，又有什么能阻拦得住她？"慕谦恰好从他身后走出，语带戏谑地说道。

白墨缘的脸色如同月色一般惨白，他想说些什么来制止事情往更加不可控制的方向发展，最后却又迟疑了，只能眼睁睁地看着他们相携离去……

02

两天后，阎怡回到A大，参加本学期最后一门考试。她打算先回寝室一趟，拿些考试要用的工具。一路走过去，看见同学们行色匆匆，或去食堂，或拎着包往教学楼里赶，但不管怎样，都是三五成群结伴同行，说说笑笑的，好不热闹。

当她急急忙忙拿了东西从宿舍楼跑出来，在宿舍门口却被一个熟悉的声音叫住了："阎怡。"

她转过头，发现白墨缘和前天晚上新认识的慕谦站在宿舍楼前的树下，当即本能地想要躲开他们。

但是看样子这次是避无可避了，她只能硬起头皮走过去，憋了半晌才冒出一句："墨缘哥，有事吗？"

白墨缘并没有马上回答，只是定定地望着她。

他越是沉默不说话，阎怡越是不安，她只觉得自己心跳如擂鼓，都不敢抬头看他。

"你跟萧彬是怎么回事？"一开口，白墨缘的语气似乎就不太友善。

阎怡忍不住咬了咬唇："这跟你有什么关系吗？"

白墨缘的表情顿时变得更加僵硬，他将唇死死地抿紧，像是在极力克制着自己。

一旁的慕谦勾了勾唇角，露出一个意味不明的笑容："你知道这意味着什么吗？萧彬这么多年来从来没有带任何一个女伴参加公司年会！"

从来都没有过吗？

轻飘飘的一句话，令阎怡的心瞬间抽紧，但她表面上依然保持镇定："是吗？"

她毫不在意的语调令白墨缘心中越发不是滋味："你是不是真的已经爱上萧彬了？"

爱上了萧彬？

那一刻，阎怡觉得内心深处有一缕隐秘的情愫被人抽丝剥茧地打开，她不觉又怔住了。

她从来没有想过这个问题，她爱上了萧彬？这就是爱情吗？想起他帅气的面容，他孩子气的脾气，有时忧伤，有时明媚，有时温柔，有时霸道……

不知道从什么时候开始，萧彬已经驻扎进了她的心里，她听到自己心跳如擂鼓，两颊好似火燎般滚烫。

白墨缘目光灼灼地盯着她，她的一次次失神，只会让他心里更堵得难受："你有没有想过迎雪？你知道她现在怎么样了吗？她每天晚上做噩梦，她几乎都快要疯了！"

阎怡张了张嘴，似乎想说什么，却又沉默了。

白迎雪做噩梦或许并不是为了萧彬，而是因为沈珞瑶，她的死让白迎雪心中有愧……可这些事情该怎么跟白墨缘说？又该从哪里说起？阎怡抿着唇，心里酸涩不已。

见她沉默不语，白墨缘似乎再也无法忍耐了："你不觉得羞愧吗？对朋友做这样的事情？"

"'这样的事情'又是怎样的事情呢？"阎怡微扬了脸，这一刻，在她内心深处，原本应该存在的愤怒已经被失落取代，淡漠拭去了难过。

白墨缘的神情变得暴怒，他扬起了手。阎怡见状，不管不顾地仰起头。他这是要打她，是吗？

原本站在旁边沉默不语的慕谦，适时地伸出一只手挡在了白墨缘身前，阻止他进一步因为怒气而做出的冲动行为。

"我来说吧。"慕谦永远是一副云淡风轻的模样，他推了推鼻梁上的眼镜，声音低沉缓慢，"之前出了一则新闻，说墨缘因为商业欺诈，可能被判

罪。我们后来听迎雪说，那之后，你去找过萧彬是吗？"

阎怡点点头。

慕谦轻轻开口，每一个字都说得明白干脆："那则新闻，是假的。"

阎怡微微愣住，旋即皱着眉头，但很快，她的眼神里又多了几分轻松，也就是这样的眼神再次刺得白墨缘心口生疼："萧彬就是个浑蛋，你被他骗了！"

阎怡静静地看着他，目光重新变得清冽，只是她一个字也没有说。

气氛一时有些僵。

最后还是慕谦打破沉寂，他的声音平稳而柔和："你是不是跟萧彬达成了什么协议？你可以跟我们说一下，我们或许能帮到你。"

阎怡愣了一下后摇头："没有，我跟他没有任何协议。"

慕谦试着劝解："可是……"

"我要去考试了！"阎怡说完这一句，就头也不回地跑开了。

"等一下。"

听见慕谦的叫喊，她停下脚步，侧身望着他："请问还有什么事情吗？"

慕谦认真地凝视她的眼睛说："等你考完，我在A大门口的咖啡厅里等你，我有点事情要跟你说，只有我跟你！"

阎怡狐疑地看了他一眼。

慕谦的镜片有些反光，阎怡瞧不真切他此时的表情，心里更加疑惑，最后既没有拒绝，也没有答应，而是直接转身离开了。

慕谦看着她远去的背影，又推了推鼻梁上的眼镜，一双眼睛里锋芒毕露，好像即将要出鞘的剑！

03

从考场里出来，阎怡一路都低着头，刘海儿在额前投下一片阴影。在这个熟悉的环境里，她不禁又想到去年的这个时候——

考前，在学霸李悦莹的带领下，她、白迎雪和沈珞瑶三人难得地一起宅在寝室里疯狂备考，努力的结果换来了丰收的喜悦，她们全都拿到了奖学金。

可是如今呢？

今年来参加考试的只有她一个人，沈珞瑶已经不在了，李悦莹的学分早就修满，加上被保送念研究生，被特许不需要参加考试。而白迎雪，阎怡等到考试最后一秒，都没有见到她出现。

阎怡走出教学楼，扑面而来的是冬日里的阳光，暖暖的。放眼望去，整个A大仿佛被一层白蒙蒙的雾气包裹住了，来往的同学或笑着，或闹着，都是三五成群在一起，阎怡却觉得自己没有办法融入这个氛围里，她突然有了一种孤单的感觉，对这样的环境感到陌生，可无能为力……沈珞瑶已经离开了这个世界，李悦莹本来就像是两条平行线上的人，至于白迎雪，她现在一定恨死了自己吧。

不知不觉间，阎怡走到A大门口，她看见了那家常去的咖啡厅，想起早上慕谦的邀约。

她迈步来到窗前，一眼就发现了慕谦，他的面前摆了两杯咖啡，一杯在他手边，而另一杯似乎是为她准备的。

她推门而入，慕谦向她招了招手。

阎怡走到他面前坐下。

慕谦为她点的是一杯卡布奇诺，阎怡瞧了他一眼，索性开门见山："你找我也是为了早上的事情吗？"

"没有，只是想认识一下。"

慕谦端起咖啡杯，袖口露出一块劳力士腕表，阎怡认得，萧彬也有一块一模一样的表，据说是限量版。

一个律师不可能有这么高的收入吧？

白墨缘也在Magic帝国，所以律师的薪资水平，阎怡大概是知道的，不可能买得起这块表！

阎怡重新打量着慕谦，虽然已经进入三九寒冬天，但他依旧西装革履，戴着一副无框眼镜，看上去斯文儒雅，好像很容易接近，但她却本能地保持着戒备。

"如果没有什么事情，我先走了。"说完，阎怡就准备起身。

"你真的已经完全放下你的墨缘哥了吗？"慕谦悠闲地喝着咖啡，似乎很笃定这个话题对她的吸引力。

阎怡停下了动作，凝眸看了他半晌。

慕谦端起咖啡对她微微一笑："坐吧，这里的咖啡还挺香的。"

阎怡稍作迟疑，最后还是依言坐下了。

慕谦这才继续往下说："我听墨缘说过，你跟他是青梅竹马长大的，认识很多年了。"

阎怡端着咖啡，似乎心神有些恍然，良久都没有喝一口。

慕谦凝视她半晌，淡淡一笑："真是没想到，你们这样深厚的感情，最终也会走到这一步。"

"是啊。"阎怡放下咖啡杯，似乎也感慨良多，"我也没想到会变成这样……"

"这就是爱情啊。充满各种不可预知的因素，谁也无法预料它发展的轨迹。"慕谦看着阎怡，露出一个古怪的笑容，"或许，你太善良了，很多事原本跟你没有关系，可你却想去承担全部。其实你没有必要这样为难自己。"

阎怡飞快地抬头看他，喉头有些发紧，一时间竟无言以对。

慕谦笑了起来："阎怡，不管怎么说，我很欣赏你，希望以后我们有合作的机会。"

阎怡纳闷地望向慕谦。他向后靠在沙发上，旁边凸出的地方挡住窗外的阳光，他整个人被笼在阴影里，微微透出一股锋芒，像一把开过刃的刀。

咖啡厅里寂静无声，好像是浸满水般安静。

　　阎怡觉得心里堵得慌，她站起来想要快点离开："我下午还有事情，先走了。"

　　慕谦笑了笑，没作声。

　　阎怡离开后，慕谦拿出手机，发了一条短信——"今天阎怡跟白墨缘见过，她知道那则新闻是假的了。"

　　这条短信的收件人赫然是萧彬！

第九章

一 定 有 某 人 需 要 你

01

阁怡背着包往校门口走，手机震动，是一则短信，萧彬的管家发来的。她点开后看了一眼，整个人就彻底愣住了。管家说萧彬出了车祸，现在已经送进医院急救，而那家医院的地址阁怡还记得，就是上次萧彬发烧所住的医院。

车祸？

她久久地盯着手机屏幕，视线像是失了焦一样，仿佛有什么东西从心里翻涌而出，她惊慌地跑出了A大。

一路上，她的脑海里急速闪现着各种可能的画面，心中反复祈祷着：萧彬，你千万不能出事啊！

而此时此刻，萧彬正躺在医院的病床上。这间房通明透亮，没有一般病房里应该有的摆设，反而装饰奢华，更像是酒店里的豪华套房。

萧彬扭头看着窗外，眼神冰冷又寒澈。他根本没有出车祸，身上没有任何伤，他只是躺在医院的病床上等着阁怡，这一切只是一个骗局。他很想知道，他这段时间里放下的鱼饵，是否能让小鱼顺利上钩。

她会来吗？

他的眼底似乎浮现微弱的期冀之光，但很快又熄灭了。

当一个人对某件事充满希望的时候，再让她失望，她会感受到数以百倍的痛苦；同样，当一个人对某件事深信不疑的时候，再告诉她一切都是假的，那个人的世界也许就会因此崩溃。

时间一点儿点儿滑过，慢慢地，萧彬开始觉得难熬。为什么阎怡还没有来？难道她不关心他的死活吗？还是说，她此时正跟白墨缘在一起？

他不由自主地握紧双拳，脑中满是阎怡和白墨缘在一起的画面，他们或许在嬉笑，或许在亲昵……

这样的幻象刺痛了他的眼，挺直的脊背好像被钢针在戳一样。

一轮夕阳正渐渐沉入地平线，余晖似火，照得阎怡全身好似火烧一样。她终于赶到医院，夕阳下能清楚看清她潮红的面颊以及苍白干裂的唇。她紧紧咬住嘴唇，几乎感觉全身都在颤抖。她一口气跑到病房门前，手急切地覆上门把，指尖都忍不住在颤抖。

这就是爱情啊！

突然之间，慕谦的话回荡在阎怡的耳边，撞击着她的耳膜。这就是爱情吗？自己真的已经爱上了萧彬？

她觉得心怦怦急跳，猛地用力推开那扇门，一股阴郁的气息向她袭来。

萧彬完好无损地站在窗前。

她不由得露出了疑惑的神色，似乎也有些不敢相信自己眼前所看到的。

"萧彬？"她不确定地叫道。

萧彬听到声音转头看着她，古怪地笑了一声："你来了？"

阎怡怔怔地望着那张熟悉又陌生的脸，再也说不出话来。

"过来坐。"萧彬朝她招了招手，像是召唤小猫小狗一样。

阎怡眼底有着深深的震动，也有不愿相信的茫然："你到底有没有出车祸？"

"你很想我出车祸，是吗？你很想我死，是吗？我死了之后，你就可以肆无忌惮地跟你的墨缘哥在一起，是吗？"萧彬冷笑着，他的眼底好似燃起着一簇火光，直视着她，逼问道。

这句话像从空气里突然甩过来的鞭子，重重地抽在阎怡的脸上："你到底在说什么？这跟墨缘哥又有什么关系？"

萧彬冷哼了一声："你今天难道没有见过他吗？"

"你……你监视我？"阎怡呆立在当地，眼中有很多种情绪，萧彬这是怎么了？

"监视？"萧彬又冷笑了一声，"如果你乖乖听话，我会监视你吗？你从一开始都只是应付我，为了白墨缘！"

"不是的！"早就发生改变了好吗……

阎怡深吸了一口寒凉的空气，却觉得胸口更加窒闷难受。

萧彬发出一声轻笑，竟带了些自嘲的口气："不是什么？难道说你爱上了我？难道说你已经不爱白墨缘了吗？"

"我……"阎怡惶然地张了张嘴，竟不知该如何回答他。

萧彬一步步向她走来，那张脸仿佛是狰狞的魔鬼，令人望而生畏。阎怡吓了一跳，本能地向后退了一步。萧彬猛地上前，一抬手抚上她的脸颊，只是他的指尖冰凉，那凉意好似要刺进骨髓，阎怡下意识地别开脸。

萧彬的眼底闪过一瞬间的失落，他强行把她扯进怀里，手沿她的下巴滑至颈项，然后狠狠地掐住她的脖子："你为什么要见白墨缘？你不相信我的话吗？"

"没有……"阎怡呛了口气，觉得喉咙生疼。

萧彬目光锐利地逼问道："那你告诉我，为什么要见白墨缘？"

阎怡沉默了。

她为什么不解释？

她每一个细微的动作，都前所未有地戳痛着他，萧彬的脸色变得青白，他的手指越发用力，仿佛是在痛恨什么。

阎怡快要被他掐得喘不过气来，她痛苦地喘息着，胸口里好像有血气翻腾，难受欲呕。这样的萧彬似乎又回到跟自己谈判交易的那个时候，他究竟在憎恨着什么？

萧彬的脸色迅速地暗了下去，犹如黑暗里的潮水在翻涌，遮蔽了他的视野。

阎怡在他的手掌间挣扎，眼角渐渐湿润了，泪水不知何时滚落下来。

萧彬兀自沉浸在自己的愤怒里，不知是对白墨缘的恨，还是对阎怡的

恨，这股愤怒之火浇灭了他所有的理智。

除了恨，还是恨。

"萧彬，不要这样……"阎怡的脸色苍白如纸，仿佛快要支撑不住了。

萧彬心底蹿起一股无法形容的感受，他不能确定那究竟是什么样的感觉，也许应该说，他不敢去深想，然而他终于还是将手从阎怡的脖子上挪开了。

阎怡大口喘着粗气，她看着萧彬，发现他眼底的情绪复杂交错。

他究竟是怎么了？变得这么疯狂？不再有平日里的风度，简直是全无一丝理智！

阎怡完全不理解他突然的狂躁，更猜不透他内心的痛苦与折磨。她接连几步向后退着，可她这个躲避的动作再次激起了萧彬心中翻腾的怒气："你还想去哪里？去找白墨缘吗？如果他知道你跟我已经一起睡过了，他还会要你吗？"

他疯了，他真的疯了！

阎怡拔腿就想逃，可萧彬就像猎豹一样再次将她擒获，随之而来的便是如同急风暴雨般狂烈的热吻。

"阎怡，你跑不掉的。"

02

当阎怡再次醒来的时候，已经到了深夜。她将脸埋进被子里，不愿回想之前发生的一切，可身体上的疼痛无法忽略。

她紧紧地抓住被子，竭力思索了许久都想不通，为什么萧彬有时候如水一样温柔，有时候却如困兽一样残忍？

身边的人突然动了动，一只手伸过来揽住了她。阎怡闭上眼不敢动。原以为萧彬又要做出什么残暴的事情，没想到他只是轻轻地在她额头上落下一个吻。阎怡被他这突然之间的温存弄得很不自在。幸好萧彬没有下一步的行动。

阎怡挣扎了一下，想要脱离他的怀抱，和他保持一段安全的距离，可没想到萧彬拥得更紧了，那坚实的臂膀勒得她几乎喘不过气。

"放开我！"带着恼怒的声音在黑漆漆的夜里显得格外清晰。无边的黑暗幽深如潭，除了黑暗，一无所有，就好像要把人溺毙在里面。

阎怡不由得怒从中来："你还想怎么样！"

"想你爱我……"萧彬的声音又恢复了低柔。

阎怡有刹那的恍惚："这就是你的爱吗？你考虑过我的感受吗？"

"对不起……"

萧彬主动地一再放低姿态，堵住了阎怡心底的愤怒，她竟一个字也说不出来了。

为什么每次明明都是他蛮横在先，可最后装作可怜的也是他！

阎怡的眼眶再次红了，她想恨他，可竟然恨不起来，紧紧拽着被子的手渐渐松开了。

萧彬的脸靠了过来,她的心微微颤动了一下。

时间仿佛在此刻凝固。

"不要离开我,好吗……"萧彬说着更加用力地抱住了她。

他到底是怎么了?为什么他的语气听起来这么脆弱和无助?

阎怡努力地想要看清他此刻的表情,可在黑暗里根本没法办到。

她终于挣脱出他的怀抱,裹了一条单薄的被单便要起身去开灯,只是刚伸出手准备按下去的时候,耳边就传来萧彬的声音:"不要开灯……"他的语气透着浓浓的疲惫。

阎怡的手停在开关上面,最后缩了回来,这个疲惫的需要借着黑暗来隐藏自己的男人,是萧彬吗?她看着床的方向,思绪又开始飘忽起来。

"过来吧,外面冷。"萧彬的声音传入耳中,带着一种无法言说的魔力。

阎怡怔怔地,心中突然有些发慌。最后踩在地板上的双脚被冻得实在受不了,她才抬脚往回走,一到床边就很快被萧彬拉进了被子里,顺势带入了怀中。

他的声音温情而体贴:"冷吗?"

"有点儿……"阎怡如实答道。

萧彬俯身细细地吻她,慢慢地,阎怡感觉到自己的血液在燃烧,整个人都变得温暖起来。

夜更深,人更静。

当阎怡再次醒过来的时候，天色大亮，萧彬早已不在枕边。

窗外阴沉沉的，厚重的云压着天空，仅仅只是看着，就让人觉得压抑。她拿着衣服去浴室洗澡，出来的时候，看见萧彬端着咖啡杯坐在床边，正巧他的视线也看过来，两个人的目光在空中碰撞在一起。

萧彬的眼神透着落寞和疲惫，阎怡的背抵着浴室大门，一时手足无措。她不知道该如何说起昨天的事情，也不知道该如何延续昨天的话题。

踌躇半晌，她只弱声问："你到底怎么了？"

萧彬没有回答她，他将咖啡放在床头，起身走到窗前望着窗外的景色。

阎怡看着他的背影，有种拒人千里的孤寂，或许他不需要她吧，或许他需要的只是一个能在晚上温暖被子的人……一时间心里空落落的，她想悄无声息地转身离开。

"你要去哪里？"萧彬的声音远远没有昨天那么尖锐，变得平和许多。

阎怡脚步一滞，站在原地，其实她也不确定自己现在要去哪里。

"过来坐着吧。"萧彬的语声越发醇厚温润。

阎怡想了想，向床边走去，并依言坐下了。萧彬也走回来，坐在她身边。两个人并排坐着，一起看着窗外阴沉沉的天。阎怡感到一种从心底里沁出来的荒凉，不知道是被天气所影响，还是被眼下的气氛所感染。

窗外传来一阵阵"呼呼"的声音，寒风几乎是贴着窗户吹过去的。阎怡看着萧条的景象，觉得自己心里也刮过一阵风，发出空洞的声音。

萧彬伸出手握着她的手，手指交扣。那一刻，阎怡好似感应到了他内心那些复杂的情绪。在这样的时候，说什么都已经是多余的。两个人静静地坐着，静静地看着窗外，直到冬日里的暖阳冲破厚沉的乌云，光线笔直地射到房间里。

"忘了白墨缘，好吗？"萧彬的声音暗哑得如同最沉的夜。

阎怡侧身望着他，萧彬也定定地看着她，落地窗外的光线掠过他的脸庞，洒下斑驳的光影。"我控制不住自己……"他微微停顿了一下，又重复了一遍之前的话，"忘了白墨缘，好吗？"

时间仿佛在此刻凝固，病房里静得没有一丝声音。

阎怡终于还是决定问问他："那则新闻真是假的吗？你的目的只是骗我，对吗？"

病房里一片寂静，时钟指针悄无声息地走着。

良久，萧彬才说："是的……"

"原来真的是这样啊。"阎怡的声音带着一丝苦笑和微微的讽刺。

萧彬认真地凝视她的脸："你恨我吗？"

阎怡只听到自己的心剧烈跳动的声音，她深吸一口气："那你呢？其实我们本来就是不应该相交的两条平行线，没有必要再继续错下去。"

萧彬的脸色明显变得冷冽而阴沉。

他一把捏住她的下巴，迫使她昂着头看着自己："如果我说不呢？这个游戏，还远远没到该结束的时候。"

阎怡微微皱了皱眉："你为什么要这么执着？"

萧彬松开手，反问她："那你呢，为什么要留下？你明明可以走的。"

阎怡心口抽紧，却只能哑然。萧彬说得没错，刚刚她明明可以走的，可是这双脚不知道怎么回事，就是不听使唤！

萧彬看着她，淡淡地开口："我知道你很纠结，我知道我一直以来强迫你做了太多事情，所以这一次我给你时间，我希望还有机会。"

阎怡怔怔地看着他，心中突然有些发慌，她分不清心中是什么滋味："你还想要什么？"

"我想你爱我！"

萧彬迫近她，逼得她无法呼吸。阎怡闭了闭眼睛，他已经低头吻上来，绵密而深沉，仿佛要将她一点儿点儿啃食，吞进自己的身体里。

她的眉眼微微一颤，在窒息的眩晕中被萧彬推按在床上，感受着他热烈的亲吻，身体逐渐颤抖起来。

"萧彬……"她梦呓般叫出他的名字，后面的话却已经说不出来，只剩下胸口急剧起伏，脑中一阵空白和眩晕。

长发如瀑，丝丝缕缕地绕在萧彬的指间，他埋在她耳侧低声说："让我们重新开始吧！"

阎怡愣愣地望着天花板，没有回答。萧彬轻轻捧起她的脸，在额头上落下一个温柔的吻。

这明明是一段不应该开始的恋情，一个不应该去接触的人。可阎怡偏偏

去爱了，偏偏还要继续下去……

03

怎么才能挽回一个人的爱呢？

窗外暴雨倾盆，远处灰白的天空被沉重的雨云压得很低。

白墨缘站在窗前，他的脸色透着冷冷的苍白。

在他身后的沙发上，慕谦在摆弄着玛瑙茶具，他倒出一杯茶，一股清香瞬间扑鼻而来，茶壶里边尚有水雾袅袅。他端起茶杯，慢慢地呷了一口，像极了拥有绅士风范的贵族。

白墨缘背对他站着，仿佛一尊雕塑般，末了，还是慕谦放下茶杯，叹息着问了一句："你叫我来做什么？看你发呆？"

白墨缘的目光似是有了些许颤动，他从窗外收回了视线，转过身面对着慕谦，张了张嘴，想要说上两句，却又不知从何说起。

慕谦凝视他，眼神有些复杂："你不会还在纠结阎怡的事情吧？"

白墨缘依旧沉默着，给自己倒了一杯茶，然后一仰头灌了下去。

"茶可不是你这样喝的，真是浪费了。"虽然这么说，慕谦还是给他又倒了一杯，"其实，我们都看得出来，萧彬跟你妹妹之间并没有什么真感情，你何必一再再而三地用这件事情来打压阎怡呢？"

白墨缘皱起了眉头："你不懂，朋友在她心目中有着高于一切的地位，如果最后因为萧彬，和迎雪的友情彻底破裂，她会很痛苦的。"这固然是理由之一，但隐藏得更深的那个原因，他不想面对。因为如今的他，已经没有资格再去争什么了。

"是吗？"慕谦神态悠然，慢慢品着他的茶，"虽然我对阎怡没有你对她那样了解，但是我也知道，曾经的你在她的心目中有着高于一切的地位。"

白墨缘眉间的皱痕越发明显了。

房间里安静得只剩窗外滴答滴答的雨声。

过了好久，他才撇唇自嘲地说道："可是她现在根本不愿意听我的。"

慕谦放下茶盏，斜瞥了他一眼："爱情啊，是一个消耗品，再深的爱情，如果你从不补给，也总有消耗完的一天。"他盯着白墨缘，他的那双眼睛总有种洞悉人心的穿透力，令人无所遁形，"机会曾经摆在你的面前，只是你全都错过了，或者应该说，你全部放任它们流逝掉了，包括阎怡，更加包括她对你的感情。"

"你懂什么？"白墨缘有些生气，再也按捺不住，"你从来没有爱过谁，而阎怡，你也只见过她两次而已，你根本就不了解情况。"

慕谦也不答话，一副愿闻其详的模样，坐在那儿慢慢地喝着茶。

刹那间，往事纷纭全涌上来。白墨缘幽幽地开口："阎怡是一个重情重义的人，她是我见过最重感情的女孩，只有她身边最亲近的人才能影响到她，才能让她做出傻事来。"

慕谦的眼中起了一番细微的变化，他再看白墨缘的时候，目光变得有些

锐利："但是你最后也想利用她这个特点，就跟萧彬一样！"

跟萧彬一样，是吗？自私又霸道？白墨缘煞白了脸："可是如今，我也不知道……"

"那就随缘吧。"慕谦面无表情，懒懒地靠在沙发中。房间里灯光虽亮，照在他鼻梁上的镜片，反射出冷冷的光芒。

"不！我不能让阎怡跟他在一起！"白墨缘像是下了极大的决心。

慕谦斜瞥了他一眼，推了推鼻梁上的眼镜："比起这件事，你难道不应该去找找你的妹妹，她可是一直在玩失踪。"

"我知道。"白墨缘的神色一暗。

慕谦微皱眉头道："过两天你就要住到'那边'去了，所以趁这个空闲时间，不去找找你妹妹，而是继续纠结阎怡的事情，是不是不太好？"

白墨缘垂下视线，掩饰着眼底的情绪："再过几天进去，不行吗？"

慕谦凝视了他很长一段时间，才轻哼一声："这可不行，我可不愿意给人收尸，不吉利，会影响我的财运。"

白墨缘沉默了很长一段时间，最后他霍地站起身来："我出去一趟，你回去的时候帮我带上门就行了……"说完他就急匆匆地离开了。

等到房门被关上的那一刻，慕谦再度开口，带了些嘲弄的语气："爱情，终究是折磨人的奢侈品呢。"

窗外的雨势越来越大，整个城市更显得阴郁。

他站起来走到窗前，窗外的整个城市都被这场冷雨浇得透彻，昏黄的路灯被一团水雾笼罩。他如一名一直在暗中窥伺一切的猎人，俯瞰着这片苍茫的大地，突然扬唇勾起一抹冷笑："我也要准备开始了！"

04

在开车前往萧彬家的路上，白墨缘不由自主地回忆起许多往事——

去年夏天，他接到一通电话，是沈珞瑶打来的，当时他很吃惊，因为以前他只是听妹妹白迎雪提到过有这么一个人。

沈珞瑶在电话里问："你相信一见钟情吗？"

"不信。"

"可是我信！"

白墨缘怎么也没有想到沈珞瑶会对他一见钟情，他连自己在哪里、在什么时间见过沈珞瑶都不记得了，这个女孩怎么会对自己一见钟情？更让白墨缘没有料到的是，在那通电话之后，沈珞瑶总时不时出现在他身边，就好像她知道自己全部的行程。而知道他行程的以前也就两个人，一个是阎怡，一个就是他亲妹妹——白迎雪。

后来，他因为身体不舒服到医院检查，被诊断出患了胃癌，还是晚期。他已经不记得自己接到通知书的时候是一种什么样的心情，他只记得唯有一个想法：要不要告诉阎怡？还是要瞒着她？

那一天，沈珞瑶又恰好遇到了他，于是也就第一时间知道了这件事，她哭得很伤心，白墨缘反而说不出话来安慰她。

第二天，她找到白墨缘，两个人约在图书馆见一面，这是白墨缘参加工作后去A大却第一次没有去找阎怡，可没有想到最后竟被阎怡撞见，还被她误会。

那一天，对于沈珞瑶的亲昵动作，白墨缘并没有拒绝，他幻想着可以借此让阎怡死心远离他，这样的话，等有一天她知道自己的死讯，也不会太难过。可白墨缘没有想到的是，那一天，看着阎怡哭，听她伤心欲绝地叫骂着，他的心疼得就好像裂开了一样。

不过最让白墨缘没想到的是，沈珞瑶最后竟然因此而出了意外。

刚从回忆里回过神，在前往萧彬家的那条路上，他突然发现萧彬的车从他身边朝相反的方向驶去，在擦肩而过的时候，他看见阎怡就坐在后座，于是立马掉头跟上去。

而车上此时只有阎怡和萧彬的司机，趁萧彬去公司处理事情，阎怡让司机把自己带到一家大型百货超市门口，她想要购买一些日常生活用品。

白墨缘把车停好之后，也跟了进去。

阎怡独自推着购物车走走停停，身旁的小孩滑着购物车快速通过，笔直地迎面撞上来，她在避开的瞬间脚步一个跟跄，险些摔倒，突然间一个有力的臂膀将她的手臂抓住了。

"小心。"

阎怡感激地回头看了一眼，但表情猛地僵住了："你……"

扶着她的人居然是白墨缘。

看着他，阎怡猛然想起萧彬的话，他用悲伤的口气跟她说：忘了白墨缘，好吗？

她下意识地向后退了一步，挣脱开他的手臂："请不要这样。"

她竟然会说"请"，他们什么时候生疏客气到这一步了？

"阎怡，我们之间用得着这么客套吗？"白墨缘的表情由最初的惊讶转为哑然失笑。

"我还有点儿事情，我要走了。"阎怡有如惊弓之鸟，仍旧不敢抬眼望他，只是急速转身背对着他。

"你究竟在害怕什么？"白墨缘低哑的声音从身后传来，阎怡的身子瞬间僵住了。

害怕？

她的手握紧又松开，又再次紧紧握住。

是啊，她究竟在害怕什么，这一切她不是早就已经准备好面对了吗？

她转过头，嘴角生硬地勾出一个弧度，一口气说了许多话，连她自己都没想到竟然会说得那么流畅，那么斩钉截铁："墨缘哥，过去的事情都已经过去了，有些事情任由你怎么想都无法改变，既然这样，就只能选择向前走下去。所以，以后我们就不要再见面了吧！"

她说什么？

白墨缘怔了片刻，心口好像有种窒息的感觉，压抑许久的情绪再也控制不住奔涌出来。

"你说什么？"他的声音不可抑制地颤抖起来。

阎怡定定地看着他："我答应过萧彬，以后我们就不要再见面了。"只是她的语气里多多少少还是透露出一丝惆怅。

"你真的爱上他了吗？"白墨缘缓缓问道，嗓音低沉，听上去竟有些颤颤地。

阎怡自己也不敢确定，但是即便如此，对于白墨缘，她觉得自己已经是时候该放下了，她半仰着脸认真地说道："墨缘哥，我已经想得很清楚了，那些不愉快的事情，就让我们一起忘掉，好吗？我想开启新的生活，我不想永远活在过去，而且我对我现在的生活很满意，真的。"

世界寂静无声。

"墨缘哥，我要回去了，再见。"她的声音缥缈得好似从天边传来，又像是缱绻的梦境那般虚幻。

白墨缘始终都没有说话，只是目光一直追随着她离去的身影，仿佛这样就能将她刻进心底最深处，永远也忘不掉……

第十章

扭 曲 的 光 芒

01

站在萧家别墅那个巨型游泳池边，回想起昨天的情形，阎怡还恍若在梦里，她没有想到她竟会以这种决绝断然的态度面对白墨缘，那可是她曾赋予全部热情的男人。

难道真的是因为萧彬吗？一想到这儿，她就觉得心怦怦直跳。

"阎怡。"

萧彬的声音恰好在此时从她身后响起。

她转头看去，夕阳的余晖在他的脸上镀了一层梦幻的色彩，他目光温柔，拿着一个精致的红色盒子，定定地注视着自己。

那一瞬间，仿佛预感到了什么，她的目光微微一颤，难道说那盒子里面装的是……

随着"啪嗒"一声，萧彬轻轻打开了盖子，盒子里面赫然躺着一枚钻石戒指，发出璀璨如星辰般的耀眼光芒。

竟然真的是戒指！

阎怡的脸上闪过一抹惊讶的神色。

萧彬单膝跪下，一脸期待地望着她说："你愿意接受它吗？"

阎怡愣了一瞬，然后克制着内心的激动反问他："那你呢？你知道戒指的含义吗？"

萧彬看了一眼戒指，握紧她的手："你戴上去，我就告诉你。"

阎怡却固执地坚持着："不，你先说说看，如果你说得对，我就考虑看看。"

"生死契阔，与子成悦；执子之手，与子偕老。"这笃定的四个简单的句子，却令阎怡的脸如火烧般灼热起来。

萧彬趁机执起她的手，将戒指套在了她的无名指上。

"好了。以后就不用再担心有人抢走你了。"萧彬说完站起身，捧住她的脸细细地吻她。激烈的长吻渐渐夺去两个人的意识，阎怡闭着双眼，近乎沉沦般的感觉，周身绵软，只能任他摆布。

似乎过了很久很久，当萧彬放开她的时候，四周不知何时起风了，他关切地问道："冷不冷？"

阎怡缩了缩脖子，点点头。

"我进去给你拿件衣服。"萧彬说完转身就走，步履如风。

看他着急的模样，阎怡不由浅浅地笑了。她有些好奇地取下钻戒，放在掌心仔细瞧着。可有时候事情就是这么巧合，钻戒突然从手中滚落下去，在地上连续跳跃了三四下，滚进了游泳池里面。

"啊，我的戒指！"她想都没想，一头就扎进了游泳池里。

幸好有一位用人看到了这一幕，立即大叫起来："阎小姐掉到水里了！"

很快，萧彬从房间里狂奔过来，迅速跳了下去。

冬天的水彻骨冰凉，阎怡不会游泳，却不管不顾地跳入了泳池。

她在水中快要透不过气了，隐约看到有一道光亮闪过眼前，她努力地伸手去抓，指尖却一次次与它失之交臂。窒息的痛苦让她头痛欲裂，钻戒越离越远，她仿佛觉得历史又在重演了，她在冰冷的水里无力地挣扎。意识模糊中，她看见一只修长的手抓住了钻戒，然后那人又顺势将她揽在了怀里。

那一刻，他仿若是从天而降的天神："傻瓜！"

萧彬低咒一声，抓住她往水面上游去，却难以抑制心底暗暗漾开的情绪，她明明不会游泳，竟为了一枚钻戒，连命都可以不要吗？

他带着昏迷的阎怡浮出水面后，夕阳倾洒在整个游泳池，伴随着水的波动，变换着动人的色泽。他微微喘出一口气，低眸静静地看着她，阎怡像猫儿一样靠在他的怀里。岸上很快就有人来接应，但是萧彬并没有放手，而是独自一人将她抱了回去。

房间里。

阎怡的一只手还抓着他的衣角，萧彬轻轻将她抓着衣襟的手指掰开，他没有想到她竟然会为了一枚钻戒去冒险。

世界上真的有这么傻的人吗？

或者说，是因为他送给她的，所以她才那么在乎？这样一想，他的心情就莫名地好了起来。

昏睡中的阎怡打了一个哆嗦，萧彬发现她的身上都已经湿透了，犹豫了一会儿，开始不急不缓地为她褪下衣服。白皙的肌肤在夕阳下泛着微微的粉红色，而她仍旧没有任何反应，静静地安睡着。

他的心神有一刹那的恍惚，似乎是想要克制，又似乎是想要更多，他俯下身，微微喘息着，唇齿在她的脖颈间轻轻地摩挲，最后他的吻轻轻地落到她的眉心。

阎怡好似是震动了一下，梦呓一般低呼了一声："萧彬……"

她终于在梦中呼唤了他的名字！

他的嘴角不由自主地扬起了一抹微笑。

窗外夕阳如画，让人沉醉。

02

临近农历新年时，萧彬开始忙碌起来，很少得空陪伴阎怡。

一日清晨，手机铃声持续响着，还在睡梦中的阎怡烦躁地拿过手机，按下接听键，另一边传来的是慕谦的声音，她立即皱起了眉头："你怎么知道我的手机号？"

慕谦好似在刻意卖关子："你来了就知道了。"

阎怡打了一个哈欠问："去哪里？"

慕谦告诉她一家疗养院的地址。

阎怡疑惑地问："疗养院？去那里做什么？"

慕谦仍旧在那边神秘莫测地笑着："让你来见一个人，另外，我有一个很重要的秘密要跟你说。"

阎怡心中的疑问逐步升级："见谁？有什么不能在电话里面说吗？"

"很重要的事，和萧彬、白墨缘都有关系，难道你不想知道吗？"慕谦的声音突然变冷，听在阎怡的耳里，好似一声声冷笑。

阎怡的眼底立即升腾起惊诧的神色："是什么……"可她的话还没有问完，慕谦就已经挂断电话，手机另一端传来一阵阵忙音，她的手心不由得冒出汗来。

究竟发生了什么事情？

是萧彬找上白墨缘，还是白墨缘找上了萧彬？阎怡心底涌出了太多疑问，她用最快的速度从床上爬起来，慌慌张张地跑出门，司机问她去哪里，她都没有来得及搭理，跑出门后在路边拦下一辆出租车，快速说出了慕谦刚才告诉她的那个地址，然后就一直扭头心事重重地看着窗外。

白云在天空浮动，冬日的清晨露出明亮的天色，一缕难见的阳光透过浮云照射而下。明明如此温暖的天气，此刻她却无暇感知，十指紧紧地交握在一起，强抑着来自内心深处那种莫名的不安。

到达疗养院的时候，阎怡远远就看见了站在门口的慕谦，可他的脸上戴着一副眼镜，看不清神色。下车后，她一路小跑到他面前，气喘喘嘘嘘地问："萧彬和白墨缘到底出了什么事情？"

慕谦推了推鼻梁上的眼镜，颇有几分高深莫测的神色："跟我来。"

阎怡跟在他身后，一路走进疗养院，她的心如同瞬间绷紧的琴弦。这家疗养院环境清幽，静到能听见风从枝叶间穿过的声音，除了花园里的花花草草还有点颜色之后，其余所到之处都是一片惨寂的白。

慕谦带她来这样的地方，究竟有什么目的？他在电话里说和白墨缘、萧彬都有关，可她怎么也无法把他们和这里联系起来。

只是她心里却莫名地越来越不安了。

慕谦一边在前面带路，一边介绍着："这里虽然是家疗养院，实际上只是给有钱人等死的地方。"

阎怡几乎是下意识地问："是不是萧彬出什么事了？"

慕谦转过身，他的面孔冷了下来："你现在心里就只有萧彬吗？"

阎怡正想说些什么，却见慕谦的视线已经望向了前面的某个地方。她也跟着朝那边看过去，在前面的白色房子里，透过落地窗，她清楚地看见了一个熟悉的身影。

竟然是白墨缘！

他躺在床上，脸色苍白，身形枯瘦，早已不复当初那温润如玉的形象。而这一切的转变，竟只在几天的时间里。阎怡清晰地记得前几天在百货超市看见他时，他还不是这个样子！

她的情绪不可抑制地激动起来："墨缘哥怎么了？"

慕谦侧头凝视着她的眼睛，声音有些发冷："胃癌晚期，虽然说在这里还能接受治疗，但也只是把寿命稍稍延长数月而已。"

这句话恍如晴天霹雳，阎怡只觉得脑中"轰"的一声响，她张了张嘴，也许是震惊到极致，反倒一句话也说不出来……

墨缘哥，那么好的墨缘哥，他怎么会得了不治之症？

她想起以前自己曾信口开河地对他说："墨缘哥，我只要吃急了，或者吃了冷的、油炸的东西就会胃不舒服，我以后会不会得胃癌？"

白墨缘宠溺地点了点她的鼻子："傻丫头，癌症可不是个好东西，一般人不会轻易得这种病的。"

可是现在，他自己却被这可怕的病魔抓住了。

阎怡感觉到一种深深的恐惧，这种恐惧由骨子里生出来，然后蔓延到全身，最后连脊梁上都是冷汗。过了好久，她脸色苍白地盯着慕谦问："你说的都是真的吗？"

"当然。"慕谦推了推鼻梁上的眼镜，他显然很满意她的反应。

"那他会……死吗？"阎怡看着不远处的白墨缘，视线仿佛失焦的镜头。

"嗯。"慕谦的眼中飘过一抹淡淡的怅然。

阎怡终于意识到恐怖至极的两个字——死亡！

良久，她颤抖着声音问："是什么时候检查出来的？"

慕谦神色自如，平静地说："据我所知，是在你怀疑白墨缘跟你的好朋友有不正当关系的前几天。"

"你说什么？"一种不祥的预感让阎怡整个人好似坠入了冰窖里。

慕谦做出认真思考的样子："我记得那个女孩好像是叫沈珞瑶吧？"

时光在这一刻开始倒退，过往的记忆浮现出来，阎怡的眼前飞跃出无数个画面，她好像再次回到了那一天——

在光线影影绰绰的走道里，沈珞瑶无助地靠在白墨缘的怀里，像个孩子般哭泣着，白墨缘搂着她，在她耳边轻轻说些什么，温暖暧昧的情景让阎怡心神俱碎……

阎怡还陷在回忆里，呼吸低沉而急促："那一天他们究竟在做什么？"

慕谦笑了笑："那天其实从头到尾都只是你的误会。"

误会？只是一场误会而已吗？

"不对……不对！不是误会！事情不是这样的……"阎怡向后跟跄了一步，她感到一阵冷风从远处吹过来，"那个时候，难道是沈珞瑶知道了墨缘哥的病，所以很伤心？不，不是……"她不敢想下去，脑中乱成一片。

慕谦叹了口气，挑起眉看她："阎怡，我一直觉得你应该是一个聪明的女孩，为什么到了关键时刻，你却想要回避事情的真相呢？"

阎怡愣住了，她的神色几番变化。

慕谦叹了口气："沈珞瑶是第一时间知道这件事的，被你撞见的那一天，她只是约白墨缘商量怎么治他的病，让他不要放弃，只是没有想到被你撞见，而你却想当然地以为他们在做一些见不得人的事情。"

"不是我想当然！沈珞瑶当时就承认了，白墨缘后来也承认了！"阎怡尖叫起来，那一瞬间，她似乎想到了很多事情，可是每一件事情，她都不敢深入思考。她在害怕，害怕真的是自己判断错了，她在害怕这一切的事情都只是一个误会！

慕谦浅浅一笑，意味了然："不是你想的那样。"

阎怡看着他，整个人都僵住了，嘴唇微张，却说不出话来，因为白墨缘也曾经说过这样一句话。

慕谦的声音还在继续："白墨缘只是想让你死心才那样说，免得以后你难过伤心。至于沈珞瑶，我没见过她，所以也不是特别了解，但是我想，她

大概也是这种心情吧，要不然最后她也不会拼了命去救你！"

"这不是真的，这不是真的……"阎怡摇着头，心里空洞洞的，仿佛灌满了寒风，又冷又痛。她还是不敢相信，这一系列的事情原本以为已经距离自己很遥远了，可没有想到掩藏在背后的真相竟然是这样的！

过了好久，她的视线再次聚焦在慕谦的身上："迎雪曾经说过，他们是上过床的！他们没有理由为了这件事情做戏给我看！"

"如果白迎雪撒谎了呢？"慕谦停顿了一瞬，他的眼神变得幽暗起来，"如果白迎雪一开始就在撒谎呢？她先骗了沈珞瑶，说白墨缘对她一见钟情，加上沈珞瑶本身对白墨缘就一见倾心，所以白迎雪的话，更加蛊惑了她的心神。往后的时间里，白迎雪把白墨缘所有的行踪或直接告诉沈珞瑶，或假意安排他们偶遇，所以一来二往，就让沈珞瑶陷进去了，她觉得她跟白墨缘是两情相悦的，因为她死都无法想到白迎雪会骗她！"

的确，阎怡以前怎么也不会去想白迎雪会骗她！

难以遏制的心痛一点儿点儿浮出水面，阎怡垂下视线，她已来不及将泪水收回，任由它们一滴滴全落在地上。

慕谦的目光更加暗沉："你想知道白迎雪为什么会这样做吗？"

阎怡缓缓抬起视线，再次将目光定在他身上。

慕谦的眼底阴影重重："因为萧彬！"

阎怡愣了一会儿，似乎不太明白这句话的意思。

慕谦的脸色沉如雷雨前的天空："因为是萧彬让她这么做的！"

阎怡蓦然瞪大双眼，往事就好像一座坟墓，在那一瞬间，坟墓里面有无数荆棘伸出，带着腐烂的气息将她紧紧缠绕，荆棘上的刺一根根扎进皮肤，将她拉进了万丈深渊……

03

原来一切悲剧的源头都是萧彬！

在慕谦的讲述下，曾经的种种，原来已然不堪回首——

事情起源于十年前，阎怡的母亲曾是萧彬父亲的初恋，可后来迫于家族的力量，萧彬父亲另娶了他人。但是这么多年来，他一直未曾忘记阎怡的母亲。十年前，萧彬父亲在得知阎怡的母亲患有肾病，并且要换肾时，就义无反顾地去医院配型，没想到竟然真的成功了。阎怡的母亲因此得救，但是萧彬的父亲手术后由于高强度的工作，过于劳累，不久后就突发急症去世。萧彬的母亲伤心过度，在他父亲过世没多久也跟着病逝了，一个好端端的家庭从此就剩下萧彬一个人。

那个时候萧彬心里充满怨恨和不甘，还有愤怒，他恨极了阎怡的母亲！

当不知情的阎怡进入到A大时，萧彬的计划就开始了。三年前，萧彬用他的权力和金钱诱惑白迎雪做他的眼线，并通过其他人暗中牵线让白墨缘成为Magic帝国的律师。他盘算着阎怡身边的人，默默地计划着一切，他的目的是要让阎怡身边的人全部成为他的棋子，再利用这些棋子让她一步步落入他布好的局中，最后让阎怡痛苦崩溃，从而报复她的母亲。

在这个计划里，萧彬差点功亏一篑的地方就是他不够了解白迎雪。他没有想到白迎雪从小就对阎怡抱有敌意，她嫉妒阎怡，嫉妒她比自己漂亮，比

自己聪明，比自己更受哥哥的宠爱，特别是在一心幻想着嫁给萧彬成为Magic帝国未来的老板娘后，她就变得更加善妒、极端、虚荣。察觉到萧彬对阎怡特别关注的时候，白迎雪对阎怡的嫉妒和恨意都在一步步升级，以至于她成功挑拨了阎怡和沈珞瑶的关系后还不解恨，甚至不计后果地将阎怡推下湖，因此害死了沈珞瑶。

厚重的云朵再次飘来，挡住了冬日里的暖阳，顷刻间，天地间冷风阵阵。

阎怡从来都没有想过事情的真相会是这样的，她忽然有些控制不了自己的情绪，双手紧紧环抱着自己的肩膀蹲了下来，就好像整个人都要缩到一块似的，眼泪止不住地落下来。

"这一切都是因为萧彬……"慕谦的声音像冰块一样冒着丝丝寒气。

阎怡哭得声嘶力竭，已近崩溃。她终于看清了整个事情的全貌，只是真相太过残忍和血腥，还搭上了沈珞瑶的一条命！

慕谦幽幽地叹了口气："骗人的人很无耻，上当的人也可恨，你们一起造成了现在的局面。"

阎怡扯着嗓子："不，不！我不想这样，我没有想到会这样……"

慕谦看过来的眼神有点瘆人："这么多年来，萧彬一定在心中暗暗发誓，无论付出什么代价，也一定把你们家的人弄得求生不能、求死不得。"

阎怡的肩头越发颤抖得厉害，她眼睛赤红，反反复复重复着同一句话："这不是真的！这不是真的！"

"不管你相信也好，不愿意接受也罢，这才是事情的真相！"

慕谦的这句话把阎怡的胸口撞击得生疼生疼，有几秒钟的时间里，她都忘记了哭泣，觉得呼呼的冷风从每个毛孔钻进了她的身体里。

这一刻，阎怡感到了恼怒、悲伤，还有一种被玩弄的感觉，一种混杂的说不出来的复杂情绪在她心里升腾。

慕谦看着她，冷冷地继续往下说："萧彬一直纠缠你并不是因为爱，并不是因为真的对你有感情。他所做的一切都是在演戏，目的在于报复你，报复你的母亲，他做得再多，都只是为了报仇而已！"

"一切都是假的，一切都是假的，一切都是假的……"阎怡喃喃地重复这句话，像是陷入梦魇之中，她的瞳孔一下子散了。

慕谦走上前，紧紧捏住她的双肩，将她从地上拧起来："你现在回头还来得及。"

阎怡已经没有半点儿力气，真的来得及吗？为什么心会这么疼！

"我们做笔交易吧。"慕谦的眉角微微上扬。

时间仿佛在此刻凝固。

阎怡看着他，满脸泪痕，眼睛早已哭得红肿。

"之前都是白墨缘协助我，但是他现在病重，希望你能代替白墨缘继续帮助我。"慕谦凝视着阎怡，眨眼间，他整个人都好像刚硬冷漠起来，眼底的情绪越发不可捉摸。

阎怡愣住了："墨缘哥一开始都知道？"

"也不是一开始就知道，而是后来知道的。他先跟白迎雪确认了这件事情，白迎雪也承认了，只是最后两个人吵起来，不欢而散。"慕谦的眼中慢慢带了点笑意，他似乎对事情的发展全部了然于胸。

在慕谦的讲述中，阎怡的记忆开始复苏，她的确记得白墨缘跟白迎雪吵过架，原来那个时候，他们两个人在争执这个，而自己竟然全然不知……

慕谦看着她，慢慢地讲述："在那之后，白墨缘也去找过萧彬，希望他能远离你，能远离白迎雪，可是萧彬拒绝了，为此白墨缘还打了他一顿，最后只换来萧彬的嘲讽，一切都于事无补。"

他的话语牵引着阎怡的记忆飞速地往回跑，这一系列的表象她都知道，可偏偏就不知道后面隐藏的真相！现在虽然弄明白了，却越来越痛苦，一颗心就好像被撕碎了一样！她被骗得好惨啊！

她悲愤地扯着嗓子喊了一句："萧彬怎么可以这样？怎么可以这样！"

"你不觉得白墨缘很可怜吗？"慕谦的声音变得循循善诱。

阎怡的心闪过一道波纹，她扭头看着病床上的白墨缘，一时间脸色变得惨白。那是温润谦和、才华无双的白墨缘，他本应该有一个无限光明的未来，可是最后竟然躺在了这里，死神随时都有可能来接走他。

慕谦顺着她的视线看过去："原本他还有救治的机会，可是为了你，他一再耽误了病情。"

"你说什么？"阎怡盯着他，眼底有着诧异和惊愕。

慕谦松开一直捏着她双肩的手，推了推鼻梁上的眼镜，长叹了一声："我那天都已经约好了一个有名的医生为他进行手术，可是那天他却跑去找你，因为他知道既然无法劝说萧彬，就只能让你离萧彬远远的，让你远离欺骗和伤害，可是没有想到你却拒绝了他的好意。"

阎怡跟跄着向后退了一步，踩到一块石头上，脚被绊了一下，差点摔到地上。

慕谦看她的眼神非常清冷，甚至有点儿不近人情："所以阎怡，是你再次把白墨缘往死神那里推了一把，他原本还有一丝活着的希望。"

那一刻，阎怡就好像被人推入了深不见底的地狱，无边的黑暗将她瞬间吞没。

是她！

是她害得白墨缘变成这样……

"不！不！不……"她再次号啕大哭起来，模样简直悲愤到痛心疾首。

慕谦看了看她，眼底闪过几分意味深长的光芒。他坐回原先的石凳上静静地等待着。他一直都是最有耐心的，他等着阎怡哭得再也哭不动的时候。

阎怡哭累了，整个人都变得萎靡起来。

这一次，慕谦没有再给她喘息的机会，"你有什么打算吗？"

阎怡茫然地摇摇头，她已经不知道该去做什么，也不知道做什么才真正是对的。

慕谦的眉微微上挑："你难道就不想反击吗？"

阎怡呆呆地看看他，陷入了一阵诡异的安静中，整个人恍若失去了知觉一般。

"我刚刚说过，白墨缘一直在协助我，一切事情我都已经准备好了，你只要帮我困住萧彬一个月，我就能把Magic帝国拿下，让萧彬变成一无所有的乞丐。这样你就能帮你的好朋友沈珞瑶报仇了，也能狠狠反击萧彬对你的欺

骗和玩弄！"慕谦的嘴角挂起一丝胸有成竹的笑意。

他究竟是谁？他怎么会知道这么多事情？

阎怡陡然感觉到一股森寒的冷气，她张了张嘴，不自觉地就问了出来：
"你究竟是谁？"

慕谦笑了，他低声靠近阎怡说了几句话，那一刻，天地好似在旋转。在所有不经意间、在所有螳螂捕蝉的瞬间，原来还有黄雀在身后，她没有想到慕谦竟然是这样一个人，他的部署比萧彬还要早！阎怡睁大了双眼，一种说不出来的复杂思绪纠结于心，令她久久无法回神。

良久，她才机械地点点头："好，我会照你说的去做……"

慕谦的嘴角流露出一丝神秘的笑容，他点起一支香烟，一簇小小的火星随即亮起，也将他脑中埋藏最深的一段黑暗的往事牵引出来……

04

十几年前的一个夜晚，天空下着连绵不绝的雨。

那一年慕谦大概十岁，他的生命里从来都只有妈妈一个人，他没有见过自己的父亲，也从来没有听人说起过。他的妈妈只是一个平凡又普通的女工，平时在当地孤儿院里做清洁工，勉强维持生计。不过好在孤儿院的院长爷爷是一个善良的人，他每次都会送点礼物给慕谦。那天慕谦趴在窗前等了很久很久，都没有见到妈妈回来。外面一片漆黑，隐约间还能听见雨声，他又饿又冷，心里莫名害怕起来。

他捂着咕咕叫的肚子，决定出去找妈妈。他撑着黑色的雨伞推开门走出去，这个时候夜色如墨，巷子里面空空荡荡的，就像睡着了般宁静。

他走到一个路口的时候突然停了下来，手中的雨伞不知什么时候倾斜了，雨水飘进来，淋湿了他的半个身子，而他的视线凝固在正前方的那个十字路口，一个熟悉的身影正在穿越马路。

黑夜，大雨，路边的灯光洒下斑斑驳驳的阴影。

他蓦地瞪大了双眼——一辆打开右转指示灯的车似乎没有注意到正在过马路的女人，直直地朝她撞了上去。相撞的一瞬间，女人的身体如同断线的风筝般飞了出去，落在几米之外的地方，在地上翻滚了几下，就再也没有了动静。

雨越下越大，那个女人身体里流淌出来的血混合着雨水在她身下蔓延开来，就好像张开了一个巨大的黑洞，整个世界都陷入一片恐慌的幽暗中。

"妈妈……"手一松，雨伞随风刮走，他连滚带爬地跪倒在那个女人的身前，地上的血水染红了黑色的雨伞。

那个女人是他的母亲，是他在这个世界上唯一的亲人！

他伸出手，摸着妈妈冰冷的脸："妈妈！妈妈你醒一醒，醒一醒啊！"

雨越下越大，好像是石头一样砸在他的身上，他歇斯底里地大哭大喊着，可是没有任何人回应他，从此以后，也不再会有人回应他的呼喊了。

从天上落下的雨水好像直接掉进骨头里，透出来的寒意顺着四肢传递到全身，一种恐惧近乎冻结了他的骨髓。

妈妈死了！

他在这世界上唯一的亲人，死了！

他像疯了一样，悲凄地嘶声哭喊起来。不知道过了多久，呼啸而至的警车和救护车辆几乎同一时刻到达，几个身穿白大褂的医护人员将地上血泊中的女人用担架抬上了车，而肇事车主则被警车带走了。

他回过神来后，跟在已经启动的救护车后面一直跑一直跑，最后跑累了倦了，浑身疲软地蹲在一个墙角。雨水沿着屋檐落在他的面前。不知道是因为午夜太冷，还是因为太恐惧，他把头藏进肘弯里，整个人瑟瑟发抖。

第二天早上，终于有人发现了他："慕谦，慕谦，慕谦……"

他恍惚听到有人叫他，在这个世界上还有人知道他的名字吗？

他不敢回答，更不敢抬头，他不知道是不是已经死去的妈妈来接他了。

"不要怕。"那个人的手搭住他不停颤动的肩膀上。

慕谦这才慢慢抬起头来，雨顺着他的发梢一滴滴落下，晶莹的水珠似乎散发着淡淡的氤氲。

"谁？"

他眨了眨眼，不知道是雨水灌进来，还是眼底的水漫出来，眼前模模糊糊的，他本想认清那张隐在阴影下的脸庞，却只能看清他花白的头发，只听他轻轻呼出一口气："已经没事了，跟我回家吧。"

他摇了摇头："妈妈已经没了，家也没了。"他突然又忍不住哭了起来。

早上还笑着跟妈妈告别，如今却连最后一个亲人都没有了。

"为什么老天爷要对我这么不公平？为什么！"他声嘶力竭地哭喊着，无法抑制的泪水在这一刻决堤。他不明白自己的人生为什么会这么黑暗？从小没有了父亲，现在连妈妈都没有了！他不想回家，不像面对空荡荡的房间，他更加从心底害怕面对那具冰冷的尸体！

院长爷爷伸出手紧紧地抱住他，用手轻轻拍打着他的后背，最后他哭累了，靠在院长爷爷的怀里，思绪已经完全凝结住了，可身体却渐渐被他的体温温暖。

雨夜之下，路灯昏黄。

"慕谦，不要怕，还有我，还有我们，我们都会好好照顾你的。"院长爷爷的声音虽然苍老却很温柔。

他哆嗦地动了动嘴唇，问："还有谁？"

"还有很多小朋友……"

无论何时回想起，院长爷爷的存在永远都以一个最深刻的截面停留在慕谦的脑海深处。

从此慕谦也住进孤儿院，成了无父无母的孤儿。

就这样过了几年，院长爷爷因病住进医院时，他连夜折了一千零一只千纸鹤，然后带着它们来到医院探望院长爷爷，虽然那些千纸鹤最终并没能挽留住爷爷的生命，却让他得知了一个和身世有关的巨大秘密。

院长爷爷临走之前，抓住他的手告诉他："慕谦，你妈妈生前托我寻找你的生父。"

慕谦惊讶道："爷爷，你说什么？我有爸爸？"

院长爷爷笑了，告诉慕谦，他终于不负他母亲生前的委托，已经帮他找到了亲生父亲的下落，还简单叙说了他父母相识的过程，并说他就是Magic娱

乐帝国的董事长，名叫萧祈云。

可慕谦一点儿都不高兴，内心深处甚至还有些怨恨那个男人。如果不是他始乱终弃，妈妈就不用那么辛苦地独自支撑着一个家，他也不用从小就忍受着别人的嘲笑，说他是野种，是没人要的垃圾。

也许是一切在冥冥之中自有注定吧，院长爷爷去世的那个早晨，他仿佛失去了生命中最后的支柱，失魂落魄地冲出医院大门口。因为心神恍惚，他根本没注意到有辆车子正拐弯驶过来，低着头继续往前走。眼看着人和车就要迎面撞上，司机赶紧猛踩刹车，尖锐的喇叭声终于拉回了他游离的思绪。可是看清楚自己现在面临的处境后，他吓得双腿发软，再也挪不开脚步。

幸好车子只是轻轻地从他的身侧刮擦了一下就停了下来，开车的司机心有余悸地将脑袋探出车窗大骂道："找死啊！眼睛长屁股后面去了吗？"

他怔怔地，半天才回过神，狼狈地从地上爬起来，机械地道歉："对不起。"

就在他准备转身离开的瞬间，却听到一个低沉的嗓音说："小伙子，你的东西掉了。"

他诧异地转过头，看到了掉在地上的满满一罐千纸鹤，他弯腰将它们捡起来，忍不住想起了去世的院长爷爷，眼角不由得又湿润了，于是抬手轻拭了一下眼睛。

车内的人也许是看到了他的动作，将后车窗摇下，伸出手朝他递来一叠纸巾，并宽慰他说："什么事情都会过去的，坚强点儿。"

也许是很少受到陌生人这样的关爱，他侧头朝车内望了一眼，也因此看清楚了那个中年男人的样子："谢谢。"他恍惚觉得那个人的面容有些似曾相识，可就是想不起什么时候见过。

不过他很快就找到了答案——

在那个司机将车子重新启动之前，车后座的男人像是想起了什么似的吩咐道："小李，帮我拿张名片给这个年轻人。"然后又转头看着他说："刚刚有没有撞到什么地方？如果有什么事，随时可以打电话找我。"

他点点头，不经意地瞟了一眼手中的那张名片，双眼立即难以置信地瞪圆了，名片上赫然印着一个熟悉的名字：萧祈云。

这不就是院长爷爷告诉他的生父的名字吗？世上同名同姓的人固然不少，然而当他看清楚了名字后面的后缀"Magic娱乐帝国董事长"时，他心里就万分笃定了，刚刚车里的那个中年男人，就是他的父亲！

一时间，他心里五味杂陈，呆呆地注视着那辆车子消失在视线尽头，宛然进入到一个寂静的梦魇中。他想起院长爷爷说过的话，当年他的妈妈和他的父亲在酒吧相遇，彼此都不知道对方的身份，大概那时候是他父亲最颓废的时候吧，娶不到心爱的女人，却要跟另外一个不爱的女人结婚，于是就到酒吧买醉，醉意蒙眬时把在那里做招待的慕谦的母亲当成了心爱的女人，两人有了一夜的露水情缘。当第二天清醒后，他只是给母亲留下了一笔钱，然后就此消失不见了，再也没有管过他们母子的死活，又或者，他根本就不知道在这个世界上还有另外一个儿子吧。

后来他忍不住偷偷去了Magic娱乐帝国所在的那栋大楼，看到了各种衣着光鲜的男人和女人，也看到那个被所有人众星环绕般追捧的未来继承人——

萧彬，他穿着世界顶级设计师特制的衣服，目空一切，仿佛天生的王者，理所当然地接受着众人的膜拜。

他们明明拥有同一个父亲，却过着天上地下两种截然不同的人生。这不公平！实在是太不公平了！

那一瞬间，他心里产生了一个邪恶的念头，他要代替萧彬，他要成为那个高高在上的人。

从那个时候开始，慕谦就想方设法地靠近萧彬、接近萧家，他要夺回原本属于他的一切。直到三年前，白墨缘进入到Magic，萧彬让他暗中盯着白墨缘，那时慕谦就知道，他的机会来了！

第十一章

任　时　光　流　逝

01

一个是她最好的朋友，另一个是她爱慕了许多年的人。

一个已经离开了这个世界，一个即将也要离开这个世界……

即使是在睡梦里，阎怡都觉得万分难过，她抓紧胸口，感觉快要无法呼吸了。

如果没有萧彬，事情是不是就不会这样？如果没有他，白迎雪应该还是那个乖巧可爱的妹妹，沈珞瑶还是那个美丽善良的闺蜜，白墨缘还是那个温润如玉的邻家哥哥，如果没有萧彬的话……

往事纷纭，刹那间涌上来。曾经，她一手拉着白迎雪，一手拉着沈珞瑶，她们三个人躺在草坪上哈哈哈大笑，一起畅想着未来，一起约定做对方的伴娘。

白迎雪嚷着说："怡姐姐，你跟大哥这么多年的感情，你肯定最先结婚；珞瑶姐这么漂亮，也一定很快找到对象；我一定是最慢的那一个。等我结婚的时候，岂不是没有伴娘？"

阎怡一把搂过她，笑着说："傻丫头，我们都会等着你，等着你成为这个世界上最幸福、最漂亮的新娘子，我们才能放心去追求自己的幸福。"

这一直是阎怡心中的一个梦——送最好的朋友出嫁，亲眼见证她们最幸福的时刻。

她曾无数次幻想过那天的情形，那天的天空一定很蓝，微风吹过，让人神清气爽。在悠然奏响的《婚礼进行曲》中，在绿茵长毯上，阎怡和白迎雪一起站在沈珞瑶的身后，看着身着象牙白燕尾服的新郎用臂膀挽着白纱拖地的新娘，在前面一步步走着，她们则跟在她身后，欢呼着抓起大把大把的玫瑰花瓣撒向天空，为这美好神圣的一刻增添梦幻般的诗意。

可就是这样一个透着幸福美好的梦境，却在突然之间"砰"的一声爆破了。

梦境的碎片漫天飞舞，阎怡心痛加剧，她惊跳起来，努力伸出手去抓住那碎成一片片的梦，可最终那一切都化作无数光点缤纷落下。

额头痛得似乎要裂开一样，视线里黑漆漆的，她感到一种深不见底的孤独迅猛地扩散开来。

慢慢地，一个身影在黑暗的梦境里渐渐显现出来。

是白迎雪！

阎怡想上前追她，想护住她，可白迎雪在瞬间就消失得无影无踪。

梦里的景象还在不断变化，接着她又看见沈珞瑶掉进了湖水里，一脸痛苦地挣扎呼喊着："阎怡，救我……"她拼命朝那边跑过去，可她还没有跑近，就发现有个巨大的旋涡出现在她的脚下，并且迅速扩大，从足踝开始上升一直漫过腰际。她想退也退不了，想向前去救沈珞瑶也动不了，只能眼睁睁地看着碧蓝的水涌上来，最后将她拽到了深不可测的水底……

阎怡一个激灵，从梦里惊醒过来，她深吸了一口气。头顶的天窗倾泻下金色的阳光，四周很静，旁边的窗台上放着一盆盆小小的仙人掌，整齐有序，透出细致的温暖。这段时间发生的事情就好像是一场噩梦，在梦里面，有人死去，有人背离，只是那些心痛和绝望的情绪，却没有随着梦醒而消散……

她从床上坐起来，一眼就看见了萧彬，他趴在书桌前睡着了，手边的案几上堆满资料。

她定定地望着他的背影，慕谦说过的话一句一句在她耳边清晰地掠过，所有的悲剧都是因为萧彬，这一切不幸都是他造成的！如果没有他，她的朋友，她的生活都不会变成这样！

她有种快要窒息的错觉。她轻轻下了床，脚步比猫儿还轻，一步步向萧彬走过去。房间里很静，他的侧影很完美，他闭着双眼，在这阳光底下有种别样的宁定。阎怡走到他身边，屏住呼吸，伸出手，指尖极轻地从他紧锁的双眉间一掠而过，泪水已簌簌落了下来……

"怎么哭了？"萧彬醒过来，她的泪一滴滴全落在他的脸上。

阎怡越哭越厉害，她觉得自己身上每根神经都被扯动了，一抹深入骨髓的悲凉像毒药般悄无声息地穿透她的心脏，看着萧彬的时候，她又有一种莫名的惶恐。

她无声地张了张嘴，竟不知该如何解释。

萧彬笑了笑，张臂便将她拥入怀抱，轻轻地拍了拍她的肩："是不是饿了？"

熟悉的味道，熟悉的怀抱，可偏偏就是这样熟悉的感觉带有一种深深的讽刺！阎怡强自抿唇，平息内心激烈起伏的情绪，慢慢地，她脸上的泪水干涸了，她靠在萧彬的怀里，微微眨动着双眼："你最近很忙吗？"

萧彬点点头："有点儿忙，最近公司出了很多事情。"

阎怡垂下视线，她的神情又悲又恨，还有些说不出的难过。

"你只要帮我困住萧彬一个月，我就能把Magic帝国拿下，让萧彬变成一无所有的乞丐。"慕谦的这句话回荡在她的耳边，如同烙印般深深地刻进了她的心窝。

要报复吗？要开始吗……

在她思绪万千的时候，萧彬却浑然未觉地放开她，温柔地对她笑着说："我去做早饭给你吃。"

看着他转身离开，阎怡的表情看起来特别寂静，直到萧彬快要走出去的时候，她突然又开口叫住他："马上要过年了，你能陪我去三亚玩一段时间吗？"

萧彬错愕地转身，他似乎有些踌躇。

阎怡努力绽出一抹笑容，说出了下面这番话——

"萧彬，新的一年，我想要有个新的开始，可以吗？"

"新的开始？那好啊。"

02

三亚的天空极美，大海也极美，好似一片蓝色的宝石连接着蔚蓝的天

际，晨风轻轻吹拂，带来一股大海独有的气息。阎怡张开双臂站在海边，好像就要迎风飞起来的蝴蝶似的。萧彬远远看着她的背影，脸上的神色有些怔忪，放在身侧的手数次握紧又松开，最后似乎竭力忍住了心底翻涌的情绪，只是嘴角却露出了一丝不易察觉的苦笑。

阎怡在海边捡了一会儿贝壳，满载而归地回到了他们订下的那栋临海别墅里。她稍稍整理了一下房间后，就懒懒地靠在双人摇椅上闭目养神。没多久，管家送来了一份杧果慕斯，并告诉她："这是少爷特意嘱咐过的，说阎小姐喜欢杧果，不知道这个口味是否合意？"

阎怡道谢之后，尝了一口，味蕾立即被杧果的香甜给征服了。

"好吃吗？"

"嗯，好吃。"她回答之后，才突然发现问话的不是管家而是萧彬，他接过她手里的银汤匙舀了一勺杧果慕斯，跟着品尝了一口。

"想吃的话，自己再去拿一份，这是我的。"阎怡后知后觉地夺回自己的汤匙和杧果慕斯，却没有再吃一口，只是紧紧地握在手里。

"怎么？还怕我抢了你的不成？"萧彬说着，就伸出手在她的鼻尖上轻轻一点。

那一刻，阎怡只觉得心口又开始隐隐作痛，她抓住蛋糕的手越发收紧了，似乎在颤抖。

萧彬关心地握住她的手："怎么？冷吗？"

他的每一次关心、每一次在意都让阎怡心口抽痛，可她脸上的笑容却愈发加深："没有，我们来吃蛋糕吧。"

“好。”萧彬微微一笑，握住她的手，又舀了一勺杧果慕斯送进她的嘴里。

“好吃吗？”他的声音低沉柔和。

阎怡却不敢抬头看他，只是装作不经意地别过头去。

萧彬唇边的笑更加盎然，他猛地伸手勾住她的腰肢，低头便吻下去。阎怡睁着双眼，没有任何表情。萧彬的吻越来越深沉，带着杧果的味道。慢慢地，阎怡仰头，攀住他的脖颈，闭上双眼，这是她第一次如此主动地迎合着他。

不知过了多久，这个吻才意犹未尽地结束。

两人依偎在一起，靠在双人摇椅上看着远处的大海。而原本被阎怡拿在手里的杧果慕斯却不知何时掉落在地上，阎怡看了觉得有些可惜。

萧彬安抚似的轻轻拍了拍她：“待会儿再让管家送来。”

经他一说，阎怡才发现之前一直候在旁边的管家不见了，只是方才那一幕不知道被他看见没有。

萧彬笑了笑说：“刚刚他没看见。”

他好像一直都能准确无误地猜中自己心中所想，阎怡的目光微微一闪，正巧撞进了萧彬的眼底，两人四目相对，相互凝视了许久，最后萧彬低声问：“怎么了？突然觉得我变好看了吗？”

阎怡立即心虚地收回视线，挽住他胳膊的手却不知不觉加重了些许力道，似乎想要把他拉得更近一些。因此她心里清楚地知道，这样温存美好的时光，以后恐怕再难拥有了。

远处的天空上，流云如波浪般匍匐前行，阎怡轻轻打了个哈欠，几乎就要睡着了。

萧彬的手指若有若无地在她的脸庞滑动，痒痒的。他一定是故意的，阎怡猛地张口咬过去。

"痛。"萧彬忍不住低呼出声。

阎怡狡黠地笑着："算是给你骚扰我的小小惩罚。"

萧彬轻轻吸吮了一下被咬伤的位置，好像真的很痛。阎怡看着留在他指上的那几个泛白的齿印，耳根突然变得烫烫的。

"萧彬……"喊完后，她就紧紧地抿住了双唇，心里突然莫名地忐忑和烦躁起来。

萧彬侧过头探身望着她："怎么了？"

阎怡摇摇头，连忙推开他："我有点困，想回去睡个午觉。"她想快点回去，可刚起身就被萧彬用力一拉，猝不及防地跌进了他的怀里。

萧彬俯下头，狠狠地吻住她，横在她腰间的手臂也越收越紧，不温柔，不轻微，只是狂热而滚烫。

"萧彬……"阎怡两颊绯红，不明白为什么他每次的触碰都让她无法思考，头晕晕的，身体变得滚烫，仿佛置身于梦中，脚下渐渐虚浮。

过了好久，萧彬的吻才停下来，他在她耳边低语着："我很高兴。"

阎怡看着他，目光微微颤抖，眼中就好有氤氲的雾气要蔓延出来似的，她睁着眼睛迷乱地看着他。

"你这么看着我，我会受不了的。"萧彬的声音透着微微的沉迷。

阎怡很快低下头，讷讷地说："我回去了。"

"我送你。"萧彬微笑着，眼底像是凝住了月光，他站起来，牵着她一路往回走。

回房的那一段距离不长也不短，两个人谁都没有开口说话，仿佛各怀心事。

连续几个夜里，阎怡都辗转难眠，噩梦频频，整个人迅速憔悴了下去。萧彬似乎有所察觉，但他没有追问。

这天晚上，她刚躺下睡了一会儿，就又被噩梦惊扰，她猛然翻身坐起来轻喘着，视线不经意间落在枕边人的身上，即使在睡梦中，他仍眉头紧皱，好像是被什么事情深深地困扰住了。

她情不自禁地伸出手，试图抚平他的眉头，也许是怕吵醒他，动作又轻又慢。

之后她就从床上爬起来，坐在凉台看着不远处的大海，吹了一夜的冷风，也想了一夜的心事。

如果一个月后，萧彬真的落到一无所有的境地，自己会有大仇得报的喜悦吗？

从相遇到后来相处的点滴，他的好或不好，在此时都变成了一股温柔又绵密的疼痛。虽然她一再努力克制，却无法真的做到平静地面对这一切，忽然之间，她觉得脸颊一片湿润，才惊觉自己不知什么时候竟然哭了。

泪水滴落在手背，很快变凉了，一如她的心。

　　大概是吹了一夜冷风的缘故，天刚亮她就开始发烧，头晕晕的。她想靠自己的力量走回去，可没走两步，眼前一阵发黑，双腿发软，直接朝地面滑去。她趴在地上，地板的寒冷与体内的灼热交织，好像连呼吸都变得滚烫滚烫的。

　　"你发烧了。"

　　恍惚中，一个熟悉的声音在耳边模糊地响起。

　　她勉强睁开双眼，看着近在咫尺伸手挽住她的萧彬，心神不由一怔。如果到了一个月的限期，他得知了所有的真相，是不是就会离自己而去？是不是会更恨自己？想到这里，她心里就有种揪心蚀骨般的痛楚。

　　她紧紧地抓住他，仿佛只要一松手，他就会从她的生命里永远地消失掉。

　　萧彬抱起她转身走进卧室，将她轻轻放在床上，发现她的手还死死地拽着他不放，于是握住她的手，轻声问道："是不是很难受？我现在就去给你叫医生，你坚持一下好不好？"

　　然而就在他转身要走的时候，阎怡嘶哑的声音清晰地传入了耳中，她焦灼地说："萧彬，你快走，你快点儿回去看看！"

　　房间里静静的。

　　萧彬看着她，也许是根本没听清楚她说了什么，也许是听到了却并不以为意，他只是转过身，然后安抚似的在她的额头上落下一个轻柔的吻，声音低柔地说："乖，别怕，没事的。"

　　阎怡抓着他衣襟的手渐渐无力，最后终于静了下来，不再挣扎。

萧彬小心翼翼地拉过被子给她盖好，她这些日子以来流露出的矛盾和痛苦，他其实是明白的，一开始就明白！

"如果可以，我也不想以这样的方式开始……"

03

一个月的时间很快就过去了，回来的时候，萧彬带着阎怡进了一家法国餐厅，客人不多，环境却是极好的。

两人对面而坐，照旧由萧彬做主点餐。幽黄色的灯光颇有几分情调，映着他的眉眼越发深邃。阎怡发现自己对他的抵抗力越来越弱，他的魅力值好像会增长一样，但是这种感觉越是增长，她就越是恐慌。

照理来说慕谦的计划应该成功了才对，可阎怡看着萧彬，心里越发迷离了起来，难道他一点儿消息都没有收到吗？还是说慕谦失败了？

这样想着，她心中仿佛有一团乱麻。

"怎么了？今天你好像一直心事重重的样子。"萧彬已经点完了餐。

"没，没什么。"她赶忙否认，脸上依然挂着平常的笑容，"你点好了吗？"

萧彬点点头："嗯，都是你平常爱吃的。"

他细数了阎怡平日里所有爱吃的东西，细致到连阎怡自己都自愧弗如。

她赶紧转过头去移开了视线。萧彬眼底的情意让她越来越不安，她撑着桌子站起来："我想去一下洗手间。"

望着她匆忙离开的背影，萧彬似乎若有所思。

阎怡刚走到洗手间门口，就被人猛地拉住手臂扯到了一边。

她先是吃了一惊，正准备挣扎的时候却看清了对方的脸，于是又僵在那里，忘记了动弹。

拉住她的人，是慕谦。

他做出一副惊觉的样子来："阎怡，好巧啊，居然在这里遇到你。"只是他藏在眼镜背后的面容明明带着一抹诡秘的笑意。

不知道为什么，阎怡一看到他，心里就有些莫名的不快，脸色跟着暗沉下来："有事吗？"她一面说，一面不动声色地将手臂从他手里挣脱出来。

慕谦推了推鼻梁上的眼镜："我是特意来给你报喜的。"他微扬起的脸上，挂着一丝志得意满的笑容。

可那一刻，阎怡的心却迅速沉了下去，一种说不出的滋味如鲠在喉。

慕谦静静打量着她的神色，察觉到了她内心深处的惶恐与慌乱。他半似试探地说道："我成功了，你也可以功成身退，离开萧彬了。"

阎怡死死地咬住嘴唇，良久才松开，唇上已有一排细密的齿印，她冷冷地睨视着他："祝贺你终于如愿以偿！"

慕谦却毫不理会她语气中的讥讽，兀自说下去："我很快就会全面接管Magic，萧家的财产也已经全部掌握在我手中，说起来，我还得好好感谢你的配合呢。"

阎怡肩膀颤动，心脏就像被什么东西狠狠地往两个相反的方向拉扯着，只要轻轻一吸气，就有可能会崩断。

慕谦却仿佛怕她听不到似的，俯身贴近她的耳边，声音里带着一丝浓浓的嘲弄："曾经高高在上的萧公子，现在变得一无所有，比乞丐还不如，你说他如果知道了这一切你也有份参与，他会怎么样？会不会觉得生不如死？或者干脆寻死一了百了？"

阎怡骇然地盯着他，那双原本明亮的眼睛似被云雾遮去了里面的光彩，整张脸灰白失色，她摇头低喃着："我没想过要他死。"

慕谦阴恻恻地笑了笑："怎么？你现在心软了吗？可惜事情发展到这一步，你已经没有退路了。"然后他向阎怡伸出一只手，幽深的眼底闪过一抹得意，"当然，作为我的同盟，我不会亏待你的。"

阎怡怔怔地看着他伸到面前的手，就好像那只手上布满了荆棘一般，她突然扬手狠狠地甩开了他的手，声音惨厉："我才不是你的盟友！"

"不管你愿不愿意承认，反正现在我成功了。而这的确多亏了你帮我牵制住了萧彬。"慕谦却不依不饶地兀自往下说着。

"不是的，不是的……"

不是什么，她却说不清。

阎怡惶恐地看着他，在紧张失措的情形下脚下一滑，一个踉跄，跌坐在了冰凉的地板上。

"唉，女人啊，到了关键时刻总是心软。可惜已经于事无补了，就算你现在后悔了，也无法挽回局面。不如好好地陪我一起享受胜利的果实吧！"慕谦说完再次向阎怡伸出一只手。

许久许久，那只手都孤独地悬在半空中，阎怡自始至终都没想过去抓住他的手。她坐在地上，虽然时下已经入春，可是地面依旧很凉，冰凉的触感

沁入肌肤，渗进骨骼，她觉得自己浑身的血液好像也快要冻结了。

慕谦终于缩回了他的手，然后往视线前方的某个位置看了一眼，露出了一个深不可测的笑容："既然这样，那我就不打扰你们了。"

闻言，阎怡仿佛预感到了什么，她脊背一僵，惊恐地回头，发现萧彬就站在她身后，仅仅隔着不到两米的距离。

他是什么时候跟过来的？

他都听到了什么？

那一刹那，阎怡恐慌极了，仿佛下一秒就会因为承受不住打击而昏倒。

萧彬定定地注视着慕谦离去的背影，良久都没说话。

气氛无比凝滞，令人觉得快要透不过气来。

当他收回目光，重新看向阎怡的时候，眼神不复之前的温暖，而是有一种说不出的压抑。不过他什么都没有问，只是伸出手将她拉了起来："地上凉，你身体本来就不太好，要小心照顾自己。"

阎怡紧紧抿住了唇，迫使自己不再去看他。

难堪的沉默让气氛都为之凝滞起来，当阎怡正准备说些什么的时候，萧彬却抢先开口了——

"一切如你所愿……"他的声音明明缥缈无力，可在此刻的阎怡听来，却像刀刃一样锋利。

一时之间，她心神震动，看着他的眼神里有着深深的惊讶和隐隐的无措："你……在说什么？"

萧彬却淡淡一笑："难道不是吗？你们成功了……"

阎怡嗫嚅着，似乎想给自己的行为找一个强有力的借口："如果没有你，沈珞瑶就不会死，墨缘哥也不会变成现在这个样子，所以，所以我……"与其说她是说过他听，还不如说其实她是在说给自己听。

但是她发现这个理由根本说服不了自己。明明是恨的，明明应该是恨他的才对，可是为什么心会痛得无以复加，泪水也跟着不受控制地汹涌而下？

"难道你对我，就只有恨吗？"萧彬看着她，心中仿佛有千言万语，却无从说起，因为即便说出来了，也许都只是徒增她的烦恼而已。

过了很久，见她都没有开口，他落寞地转身，只留下短短的几个字在空气中飘荡，"阎怡，保重。"

听到他叫她的名字，阎怡的身体猛烈地颤抖起来，她终于脱口喊道："萧彬。"

萧彬缓缓回头看着她，笑了笑，然后他一字一字极认真地说："这一个月，其实是我人生中最开心的一段日子。"

04

目送他的背影消失在视线里，阎怡忍不住开始簌簌发抖，呼吸都几近艰难，她的样子看起来就好像一只随时会碎裂的瓷娃娃。

为什么到了最后，萧彬还要这样对她？他温柔的目光才是最令她恐惧的存在，如果他骂她，他恨她，她都能接受，唯独不能在这个时候见到他露出任何温情的一面。

她逃一样地跑出去，可就在门口的时候，她被慕谦拦下了。对阎怡来

说，现在慕谦恍若是最深邃的黑暗，她奋力挣扎，哑声叫着："你还想做什么？一切都如你所愿了，你还缠着我做什么！"

"你冷静点。"慕谦紧紧地握住她的手。

"你到底想做什么？"阎怡脸上瞬间变色，她试图甩开他的手，可没有想到他的力气会这么大。

慕谦嘴角噙着一抹胜利者的笑容，他慢慢地说："我不是一个忘恩负义的人，我是想告诉你，我可以把Magic百分之十五的股份送给你。"

"我不需要！"阎怡终于推开了他。

慕谦托着下巴眯着眼，老实说她的这个回答让他非常吃惊："你完全不考虑一下吗？这笔钱可能是你一辈子都赚不到也花不完的。"

阎怡看着他，眼底是沉沉的怒意，她抬高了声音："我不要你的钱，拿着你的钱滚！"

慕谦的脸色变了变，他说："股份会一直给你留着，只要你想通了，随时都可以拿走。"

阎怡大声怒喝起来："滚！"

慕谦转身离开，可他刚走两步就回过头，像是想起什么似的补充道："哦，对了，上次有一件事情我说错了，事实上，萧彬他很喜欢你。"他的话如同生硬冰冷的寒芒，直直刺入阎怡的心脏。

"你说什么？"她的声音微微有些抖，眼底也有惊恐和难以置信的神色。

慕谦脸上的笑容显得森冷而深沉："不好意思，这一点其实我很了解，他早在不知不觉中爱上了你。"

整个世界突然像是被抽空了所有的声音。

慕谦的每一句话，就好像千刀万刃，切开了阎怡的肌肤，撕裂了她的肌肉，挑断她的血管，然后狠狠地扎进她那原本就不堪重负的心脏！

"他真的很喜欢你呢，为了你，连整个萧家的财产都愿意放弃。"慕谦的声音在阎怡的耳边回响。

阎怡看着他，慕谦简直就像是被恶魔附身的男人，用谁也读不懂的眼神，坐在他的"王位"上肆虐着他所憎恨的每一个人！阎怡的脸在微微抽搐，她的嘴唇也在微微发颤，甚至是她的眼角，她身上每一条神经都在痉挛、跳动。

慕谦的唇角向上挑起一丝冷笑，好似在傲然嘲讽着一切，然后他步履优雅地走到不远处的一辆豪车旁，迅速启动车子绝尘而去。

阎怡看着烟尘弥漫的道路尽头，再也克制不住内心的情绪，终于爆发出来："慕谦，你真是个大浑蛋！"

时间一点一滴地流逝，她已经不知道自己在原地站了多久，当她重新迈开步伐的时候，脚都已经有些麻了。她身心俱疲，脸上带着斑驳的泪水，一脸凄惶地走在街上。过往的事情如同一幕幕电影在眼前掠过，萧彬、白迎雪、沈珞瑶和和白墨缘，他们每一个人都好似幻影一样在她眼前出现，她只觉得自己的每一次呼吸都无比艰难。

明明已经进入到春天，可是一阵风吹来，她却感觉全身冷得发颤。她死死地咬住嘴唇，失魂落魄地朝前迈着步子，根本不知道自己现在还能去哪

里。等她终于回过神来，才发现自己不知不觉就走到了A大的校门口。

回寝室后，她做的第一件事情就是躲进浴室去洗澡。淋浴的水流下来，四周很快充满了潮湿的白雾，她的头发被淋得湿透，凌乱地散在肩头。她闷闷地盯着白墙，脸上没有任何表情，但是脑海里却不断涌现出今天所发生的一切。

对于萧彬，她说不清楚自己对他究竟是什么感觉。他设计一点儿点儿破坏了她和沈珞瑶、白迎雪三人之间的友谊，并最终导致沈珞瑶丢了性命，还间接让白墨缘变成了现在这副生不如死的样子。按道理，看到他现在落到一无所有的境地，她应该万分高兴才对，可是为什么她心里一点儿都没有大仇得报的痛快？心情反而比以前更加难过、更加痛苦！

特别是听到慕谦亲口说萧彬其实喜欢她，爱上了她，她心里就更加难受得无法形容。

从花洒中流下的明明是热水，可她却觉得冰冷彻骨，就好像无数尖锐的刺扎在她的皮肤上，却依然比不上她内心痛苦的万分之一。

第十二章

今 日 忧 伤 的 面 孔

01

初春，天气还很凉爽。

阎怡想起这天是白墨缘的生日，这一次恐怕是他最后一次过生日吧，胸口隐隐作痛，她想再去看看他。

在打车前往疗养院的途中，经过一个画展中心的时候，她忽然改变主意中途下了车。白墨缘以前最喜欢看画展，如果她去画展拍一些照片带到疗养院给他看，他一定会很开心的。

进去之后，主办方正在发言台上滔滔不绝地讲着些什么，她没仔细听也没心情听，独自拿着相机偷偷摸摸地四处拍摄照片。

白亮的大厅里，各式精美的画作被装在画框里，她一排排看过去，一边趁人不备赶紧拍摄几张。也许是全部心思都在照片上，她根本无暇关注周围的人和物，于是在一个转角处，一抹熟悉的身影就那么猝不及防地撞进了眼帘，近在咫尺的距离，她知道想要躲开已经来不及了。

她几乎是下意识地垂下眼帘，想要借助刘海儿挡住视线，若无其事地走开。

"你好，我是萧彬。"可是没想到对方却不是那么想的，他拦住了她，并郑重其事地自我介绍了一遍，就好像他们今天是第一次见面一样。

再次见面就好似经历了一场轮回，可时间是这个世界上唯一不可逆转的存在。

阎怡的眼神有片刻的迟疑，然后她下意识地转身想要逃走。

萧彬夺步上前，一把拉住她纤细的手腕："你难道再也不想看见我了吗？"

手腕上传递着来自他掌心的灼热温度，阎怡恍惚了一下，眼眶渐渐发热，叮她仍然倔强地扭过头不肯看他，她怕自己所有的抵抗都会融化在他的眼中。

"阎怡！"萧彬转过她的身体，迫使她不得不面对他，他望着她的双眼逐字逐句地诉说着，"这些天我想了许多，我也试过不再去找你，可不管是睁着眼睛还是闭上眼睛，我的脑海中全都是你的身影。今天一大早，我早早地等在A大门口，看着你从校园里面出来，就一直跟着你。"他顿了一下才接着往下说，"阎怡，忘掉之前的一切，我们重新来过，可以吗？再给我一次机会，让我们重新开始。"

阎怡呆呆地注视着他消瘦却依然英俊的面容，只觉得眼睛又涩又胀。理智告诉她，她应该马上拒绝他，可是看着那张近在咫尺、充满期盼的脸，她怎么也说不出拒绝的话，眼泪却不争气地流了出来。

"为什么要哭呢？"萧彬说着替她擦掉眼泪，顺势将她拥入了怀里，用

下巴蹭着她细软的长发，柔声劝解着，"乖，不要哭了。"

阎怡却固执地一直哭一直哭，直哭得声嘶力竭。

"好了，没事了。"当萧彬伸出手去想要帮她擦掉泪水的时候，她却猛地一把推开他，然后用力抹掉脸上的泪水，向后退了一步，就好似执意要跟他保持距离。

萧彬的动作僵了僵，然后幽幽地笑了笑："怎么了？"

阎怡定定地望着他，咬着唇什么也没有说。

他们之间真的还能重新来过吗？

已经发生过的那些事，能够当作从未发生过吗？

她做不到，至少现在还做不到。

时间一分一秒地过去。

萧彬的眼底好似带着雾气："阎怡，你还在生我的气吗？"

她哪里还有资格生他的气？明明是她害得他落得今天这样的下场，明明是她害得他在十年前失去了父亲，让他从小没有了家的温暖，明明是她不对！

为什么萧彬望着她的目光还是这么温柔如水、深情如昔？

阎怡看着他，突然就笑了，笑得悲哀而挑衅："你不恨我吗？如果没有我，你还是那个萧少爷，高高在上、无人能及的萧少爷！"

萧彬认真地凝视她半响，摇摇头说："怎么会呢？你是阎怡啊。无论你做了什么，我都会原谅你，因为我……"

"别再说了！求求你，什么都别说了！"

他的呼吸离自己是那么近，她几乎是下意识地向后退了小半步。刚才趴在他怀里的时候，有那么一瞬间，她想过要答应他的请求，忘记一切重新开始。可是当她想起自己来看画展的目的，想起在疗养院里奄奄一息的白墨缘，她又动摇了。

萧彬依旧在微笑："好，我不说了，那你说吧，你想怎么样，怎么样都可以。"

阎怡刹那间变了脸色，忍着眼眶的泪意，嘶声说："我要走了，请你以后不要再跟着我了！"

萧彬自唇间吐出模糊的一声叹息："你真的好残忍呢……"

阎怡的脊背在一瞬间僵直了，她用力握着双手，强抑着身体的颤抖，任由胸腔深处犹如抽搐般的痛楚肆虐着她的身体。

"是啊，我就是这样一个人……"她的嘴角生硬地勾出一个弧度，似乎在笑，只是看上去却是那么悲伤。

然后她逃也似的冲出展览厅，仿佛身后有什么可怕的东西在追逐她一般……

02

阎怡再次来到疗养院。如今已经进入到春天，但是房间里依旧透着一股冷意，不知道是不是错觉，或者这种地方本身就透着一股不明来由的冷寂。

她看着昏迷中的白墨缘，难以抑制的悲伤如涟漪般散开。今天是他的生日，他却连睁开眼睛的力气都没有。记得去年白墨缘生日那天，白迎雪组织了一次小型派对，只有短短一年的时间，变化竟如此之大……

那次去野外烧烤，参加的人除了白墨缘和白迎雪两兄妹之外，就只邀请了阎怡。那天日光倾城，四周是绝美的风景，白墨缘穿着一尘不染的白衬衫，衣角被风吹得轻轻飘起，整个人就像王子一样优雅。

烧烤进行到一半的时候，白迎雪发现盐用完了，阎怡自告奋勇去买，于是就剩下白墨缘在一旁安静地烤着鸡腿、鸡翅以及各种肉类。

白迎雪似乎闲得无聊，凑过去问他："你烤那么多做什么？我们一共也才三个人。"

白墨缘头也没抬："有只猪在，我们不用担心这个问题。"

白迎雪偏了偏脑袋，佯装不知情的模样："猪？我们这里有姓猪的吗？"

白墨缘拧了拧她的脸颊，笑着说："还有谁，不是你的怡姐姐吗？"

闻言，白迎雪不满地嘟哝着："大哥偏心！"

见她一副不高兴的样子，白墨缘连忙主动递给她一只鸡翅："吃吧。"

白迎雪笑着接了过来，嚼了两口又皱起了眉头："大哥，你多加点辣椒，怡姐姐不喜欢这么淡的口味。"

白墨缘沉吟了一下："是吗？我怎么记得她好像不吃辣椒。"

白迎雪微扬起头，轻轻哼哼了几下："你才没有我了解怡姐姐呢，她吃烧烤的时候，最喜欢放辣椒了。"

白墨缘皱眉想了想，最后还是老实地照做了，他真的往鸡腿上撒了一大把辣椒粉。见状，白迎雪在一旁捂着嘴巴，偷偷地笑了。

过了没多久，阎怡就带着一袋盐跑了回来，她老远就闻到肉香，一个劲嚷嚷着："好饿，饿死了。"

白迎雪殷切地将白墨缘刚刚撒好辣椒粉的鸡腿递给她，阎怡感动地接过来："这鸡腿是给我准备的吗？亲爱的迎雪，全世界只有你对我最好，我爱死你了！"

可是一张口咬下去，嘴巴里几乎能喷出火来，她咬牙切齿地怒吼："这是谁烤的？是想谋财害命吗？"

白迎雪立即把握住这个机会，指着白墨缘说："大哥！都是他烤的！"

阎怡把鸡腿横在白墨缘的面前，嘴里呼着粗气。白墨缘心里正纳闷，他接过鸡腿咬了一口，除了辣了点儿，好像没什么问题。

"你不知道我怕辣吗？"阎怡被辣得直跺脚，可要命的是，饮料竟然也没有了！

白墨缘转头看着白迎雪，她一派贵妇模样悠然自得地继续吃着没加辣椒粉的烤肉。白墨缘知道她又调皮了，只好暗暗叹了口气，将手里的烤肉丢给白迎雪，带着阎怡去买饮料喝。

回来的时候，两旁树上正好都开满了一簇簇的花。他们并肩走在一起，随风飘落下的花瓣好似融化在日光里，恍若唯美的旧电影。

阎怡悄悄伸手抓住他的衣袖，心如鹿撞。

白墨缘却大大方方地牵过她的手，缓缓在花雨下行走。

"牵紧一点儿，好吗？"

"好。"

"不要松手啊！"

"好。"

这些声音像是山谷里往返的回声，树林中好似弥漫着白雾，如同浅海，将一切氤氲得如同梦境一般……

如今，阎怡站在雪白的房间里，病房外，一轮夕阳正缓缓下坠，在忽明忽暗的天色下，一切都宛若海市蜃楼。白墨缘现在还在睡觉，她已经在病房里等了他一天，却没有机会跟他说一声"生日快乐"。她含着眼泪俯身上前，紧紧地握住他的手，却感觉到一股冰凉渗入骨髓。

沉睡中的白墨缘不安地皱着眉头，在他的梦里是漫天的白雪，裹挟着彻骨的寒冷扫过他的身体。他孤独一人，看着天地间一片灰白，一步步艰难地往前走着，却猛然发现自己不知何时走到了悬崖边，前面已经没有路了。

他茫然地回头看着自己身后，来时的脚印早就被风雪掩盖，空无一物的背后，还有什么值得他留恋的呢？

"墨缘哥。"阎怡伸出手试图帮他抚平眉心，可是做了很多次，都无法做到。

而此时，病房外，还有一个身影一直在默默关注着房内的情形。

萧彬原是从展览馆一路跟过来的，他透过玻璃看着房里面的阎怡，嘴角生硬地扯出一个弧度，似乎在笑，却是一个逞强的悲伤的笑容。

白墨缘竟然变成了这副半死不活的样子，也难怪阎怡无法原谅他，无法放下一切和他在一起。

这大概就是命吧。

幸福离自己好像永远有一段遥不可及的距离。

02

病房里，白墨缘闭着眼睛昏睡着，阎怡一直看着他；病房外的窗前，萧彬目不转睛地注视着阎怡，而他的身后不远处，则站着白迎雪。

一种循环就是一段孽缘。

白迎雪的脑袋里像被针扎般疼痛，她看着萧彬，时光恍如回到了三年前。

那时候她刚刚念大学，每个周末都会去酒吧。他们初次见面那一天的情形，她记得很清楚。

酒吧里灯光昏暗，调酒师在吧台后面玩着各种花样调制鸡尾酒，舞台上，乐队疯狂地唱着摇滚歌曲，使酒吧里的气氛热烈到极点。白迎雪在光影里来回穿梭着，她每次到这里的目的都很明确，那就是想遇到能让她富足地过后半辈子的男人，很快，她就发现了目标。

座无虚席的酒吧唯独只有那里空出一个角落，而那个空间里却只有一个

人，他坐在从未在这间酒吧里出现过的蓝色沙发上，靠背上还铺满了红玫瑰，无论是风格的搭配还是摆设都好像是为这个人单独设计的。

看来他一定来头不小。

发现这种奇怪现象的不仅是白迎雪一个人，就在她观察的那一小会儿，就已经有好几个身材火辣的女孩端着鸡尾酒走过去，可还没等她们靠近，旁边就出现几个穿着黑衣西服的男子，将她们一一拦了下来。

酒吧里灯色变幻，光影迷离，白迎雪整理了一番衣着和妆容，迈动脚步朝那边走了过去。同样的，那几个黑衣男子礼貌地将她拦下了，解释说那位客人不喜欢被打扰。可白迎雪没有要离开的意思，而是远远地看着那个坐在沙发上意气风发的年轻男子，心里暗暗筹谋着。

而那个年轻男子似乎也注意到了她，俊脸上洋溢着微笑，冲那些黑衣人挥挥手说："让这位小姐过来吧。"

"我叫萧彬。"等她走近后，他递给她一杯鸡尾酒，并自我介绍道。

白迎雪却惊讶得忘了接过来："难道说……你是Magic帝国的少爷？"

萧彬微笑着："你知道我？"

白迎雪这才接过酒杯，娇嗲地笑着："我知道一点儿。"

"叫我萧彬就好。"

初认识的萧彬，谦和、温柔又贴心，完全没有少爷的架势和后来的霸道无理。

那天晚上，白迎雪和他聊得很开心。

从那次之后，他们接触得越来越频繁。白迎雪以为缘分和幸运终于降临到自己的身上，她以为她嫁入豪门的第一步已经成功，她以为她终于可以让阎怡来羡慕她一回了。她无论如何也没有想到，这一次的邂逅，其实是萧彬精心安排的结果。

那时候萧彬对她很好，带她出入各类高级会所，给她买各种奢侈品，慢慢地，她习惯了这种生活，她再也接受不了原先平凡普通的日子，她开始越来越紧张萧彬，她害怕有一天他会突然离开她。

同样，白迎雪也要证明自己比阎怡强，让她也尝一尝这些年来她一直没有摆脱的羡慕和嫉妒。在萧彬的引诱下，她一步步地让沈珞瑶落入了自己精心设置的陷阱里，难以自拔地爱上了白墨缘。可是当她察觉到萧彬对阎怡的关注远远超出她的想象时，她再一次失去了理智。

她不顾一切地将阎怡推下湖，可是没有想到最后死去的人却是沈珞瑶！

白迎雪太高估了自己，也低估了阎怡在萧彬心目中的地位，她没有想到萧彬竟真的爱上了阎怡。这个残酷的事实让她彻底崩溃了，她万万没想到她的豪门梦最后竟然还是被她最不愿意承认的人给打败了。

如今再次看见这两个人，突然有一个疯狂的念头在白迎雪的脑中闪过，她阴恻恻地笑着，笑容里满是邪恶的气息。

天边的流云偶尔会遮蔽日光，使大地忽明忽暗。

在所有人都没注意到的某个时刻，一场大火在疗养院里燃烧起来。

"萧彬、阎怡，既然你们相爱，那我就成全你们，到阴曹地府去做一对

同命鸳鸯吧！"白迎雪望着眼前那一片火海，像得了失心疯一样大笑起来。在她恐怖至极的笑声中，一群麻雀惊恐地向天空飞去。

"咳咳咳。"站在病房外的萧彬第一个发现了异常，他本能的反应是想过去扑灭大火，可是火势凶猛，他手里又没有任何工具，一阵手忙脚乱后，眼见火势根本无法控制，他立即转身冲进了白墨缘的病房里。

"快！快跟我走！"一进去，他就扑过去抓住阎怡的手，想要带她立即逃离这个地方。

"你怎么会来这里？"阎怡看到他似乎很惊讶，挣扎着想把手从他的禁锢中摆脱出来，"我不是说过叫你不要再跟着我吗？"

"现在不是解释这些的时候，外面起火了，这里很危险，你马上跟我走！"

"什么？起火了？"

只不过短短几句话的时间，吐着红舌的火焰快速扩张，肆意地吞噬着周围的一切，疗养院上方的天空都快被染红了！

阎怡从窗外收回目光，满脸惊骇，她僵硬地扭头看着病床上的白墨缘，拼命摇晃着他的身体，大声在他耳边喊叫着："墨缘哥，你醒醒，你醒醒啊！"

火势越来越旺，也越逼越近，浓烟呛得她口鼻发涩，可无论她怎么努力，白墨缘都没有醒过来，再继续这样下去，他一定会被烧死在这里的！

"阎怡，再不走就真的来不及了！"萧彬一把拉住她的手，试图拖着她往外走，"你先出去，我待会儿再回来救他！"

阎怡激动地摇着头，大声哭喊着："不！我不走！墨缘哥还在这里！我不能丢下他不管！"

白墨缘依旧安安静静地躺在病床上，仿佛已经感觉不到外界的任何纷扰，那么从容淡定的样子，令阎怡更加心神俱裂。

在这种时候，她怎么能丢下昏迷不醒的他独自逃命呢？怎么能任由他一个人在这里承受烈焰焚身的痛苦呢？

"对不起了，阎怡！"见她怎么都不肯丢下白墨缘离开，萧彬似乎下定了决心，他猛地扬手在她的后脖子那里击了一掌，等她昏过去之后，动作迅速地从房间里找来一瓶矿泉水，全部淋在她的身上，然后牢牢地将她护在自己的胸前，一路冲出去。

病房外的火势超出了他的想象，大火很快烫红了他的脸，点燃了他的衣服，但他强忍着那种灼热的痛苦，咬紧牙关寻找着出口。

可入目都是滚滚浓烟，根本分不清楚方向，耳边全是尖叫声、求救声，还有警车和消防车的长鸣。当萧彬觉得自己几欲窒息，快要支撑不下去的时候，幸好有几个全副武装正在参与灭火的消防队员发现了他们，立即召集同伴将他们救了出去。

当阎怡再次醒来的时候，她发现自己正躺在呼啸前行的救护车上，旁边守着两位医护人员。有那么一瞬间，她的心神还是恍惚的，然后她猛地坐起

身来，大叫道："墨缘哥呢？墨缘哥怎么样了？"

"你别动，快躺下！"一位护士小姐立即制止她的动作，安抚她重新躺下，然后指着和她并排躺在担架上的人说，"你要找的人是他吗？你们是一起被救出来的。"

闻言，阎怡转头朝身侧看了一眼，可是她根本无法看清楚那人的脸，因为他的脸几乎被层层包裹的纱布包住了，只露出鼻孔。但是她认得他身上的衣服，虽然衣服也被烧焦得不成样子，但她还是认出来了，那是萧彬的衣服。

她心里略微松了口气，可是紧接着心又重新提了起来。躺在病床上的白墨缘到底怎么样了？今天是他的二十五岁生日，却遭遇了这种无妄之灾。想到这里，她只觉得心痛如绞，眼泪扑簌簌地往下掉。

"姑娘，快别哭了，其实你真的很幸运呢。"一位护士小姐见她睁着眼睛一直流泪，好心地安慰她，"这位是你的男朋友吧？听说他一直死死地把你护在怀里，所以你受伤很轻微，可他自己却伤得很重，全身很多地方都被烧焦了，依然抱着你不肯撒手。现在这样痴情的男人可不多了！以后一定要好好珍惜人家啊！"

"萧彬，萧彬！"阎怡突然之间感觉到一种巨大的恐慌，她扭头看着担架上那个一直昏迷不醒的身影，一迭声急促地呼唤起来，"萧彬，你醒一醒！你听得到我说话吗？你不要吓我好吗？"

"他的情况不太好，脸和手臂还有腿上很多处都被烧得很厉害，还有……"一个护士说到这里又停住了，似乎是怕她太伤心。

"萧彬，你真是一个笨蛋！大笨蛋！在发现火烧起来之后，应该马上转身跑掉啊，干吗还要冲进病房去救我，把自己弄成这副样子，真是傻透了！"她一边哭一边说，眼睛一直看着身侧那个奄奄一息的熟悉身影，她觉得自己此生从未如此害怕过。

如果当时他不管她，一定有很大的机会安全地逃脱吧？可是为了救她，他居然把自己弄成了这么凄惨的样子。

也许是不忍心让她继续哭下去，担架上的人轻轻动了动手指，然后微微睁开了眼。

"他醒了！"守护在旁边的护士小姐惊喜地喊道。

阎怡立即不顾一切地翻身坐起来，探身看向他，涕泪交加地喊着："萧彬，萧彬！"

萧彬竭力想要扭头看向她，可是脖子根本不听使唤，他只得转动眼珠，把视线转向她这边，然后用嘶哑的嗓音说："没事，我没事，你别哭……"

即便他这样说，可看着他此时如此狼狈凄惨的样子，阎怡的眼泪还是止不住地往下掉："可、可是你……"

"乖，不哭了。"说到这里，他似乎有些迟疑，眼里充满歉意的神色，"对不起……我食言了，没能……没能帮你救出白墨缘。"

"这不怪你……"阎怡使劲摇着头，泪水簌簌而下，"在那样的情形下，根本没有办法的……"

"不要伤心了。"萧彬勉强撑着逐渐涣散的意识，挣扎着冲她露出一个虚弱的笑容，"阎怡，其实我是故意的。我想要你一辈子都欠着我，这样在以后无尽的岁月里，你会一直记着我，永远也忘不了我……"说完最后一个字，他就头一歪，再次昏死过去。

阎怡的身体木然地僵住，一种撕心裂肺的痛苦让她几乎痛不欲生："萧彬……"

她悲痛欲绝地大喊着，却再也得不到任何回应。

尾 声

漫 无 止 境 的 等 待

几分钟后，救护车终于到达医院，阎怡看着萧彬被推进急救室，看着急救室的灯亮了起来，她一直如一具游魂般站在门口等待着。

四周静得令人窒息。

两个小时后，急救室门前的红灯终于熄灭了，宣告着手术已经结束。身穿白大褂的医生刚走出来，阎怡立即紧张地迎了上去："医生，他怎么样了？"

"他的命是保住了，然而代价可能是永无知觉的沉睡。"医生用充满怜悯的目光看着她，"也就是通常所说的脑死亡。"

阎怡的心剧烈地颤抖了一下，她痴痴地看着躺在病床上被推出来的人，四周的一切都仿佛全部晃动成模糊的失焦镜头。

怎么会这样？

她一步步跟在那些人后面走进特护病房，极短的距离，她却觉得无比漫长。

麻木、崩溃、绝望，一时间所有负面情绪全部袭上了她的胸口。

她踉跄着走到病床前，紧紧地握住萧彬的手，只觉得喉咙仿佛被外力捏住了，几欲窒息。

他明明只是暂时睡着了，为什么医生偏偏要告诉她，他永远都不会再醒来了！

她捧着他的脸，细细端详着，从前种种飞速从心底掠过。

萧彬，究竟从何时起，我对你，从陌生到依赖，再从依赖到逃避，最后才发现，那一切其实早就全都变成了爱！

可是最后呢？

却只换来了一句——

"我想要你一辈子都欠着我，这样在以后无尽的岁月里，你会一直记着我，永远也忘不了我！"

他用他的生命，在她的脑海里留下了这样不可磨灭的印记！

一种锥心的疼痛席卷而来，她眼里强忍多时的泪水终于崩溃决堤，滚烫的眼泪大颗大颗地顺着脸颊簌簌而下。

（完）

Merry 游行记

下个星期去旅行

锦年的《**我们都是匹诺曹**》一书中，陈南希不仅去我喜欢的法国留学了，还在告别青春之际，来了一次令人艳羡的欧洲之行，真是羡慕啊。

为此，**菜菜**我一边看攻略一边打鸡血"发粪涂墙"，正是人间最美四月天，不如先让我带内心**蠢蠢欲动**的各位来一趟**梦幻之旅**。

●安纳西

坐标：法国

推荐理由：这个就是文中沈旸和COCO一起去登雪山的城市啊（也是出事的地方），不仅拥有仙境一般的景色，还是动画"奥斯卡"——国际动画节的主办地。创立于1960年的动画节不仅是世界最早的动画节，也是名副其实的顶尖动画节。而坐落于安纳西的动画博物馆更是动漫迷们不可不去的朝圣之地。

马纳罗拉 ✈

坐标：意大利

推荐理由：这是一个处于悬崖上的小镇。海边的马纳罗拉(Manarola)火车站，站台上就能看到见美丽风景，一路火车翻山过隧道，每到一个车站都是一片豁然开朗的海。五渔村由五个依山傍海的村庄组成，陡峭的山崖、满山的葡萄园、彩色的房子和清澈的海水是这里最大的特色。

福莱甘茹罗斯小镇 ✈

坐标：希腊

推荐理由：小镇中心位于一个200米高的悬崖上，因此在这个恬静的小镇，你所能看到的只是波涛拍打着卵石海滩，山羊在山坡上互相追逐，一架古老的木制风车在海风的吹拂下兀自旋转着。这里没有两层楼以上的建筑，没有躲在港湾码头的游艇，更没有精品店或花哨的餐馆。

格塔里亚 ✈

坐标：西班牙

推荐理由：好吃的家伙们的天堂！这里是距圣塞巴斯蒂安24公里的一个巴斯克海港小镇，被称为西班牙的厨房，比斯开湾出产的小鱿鱼和大比目鱼数量惊人，烧烤类的海产品品种繁多。想想都流口水！在这里，你可以挤进牛排店大口嚼牛排，辅以一瓶里奥哈白葡萄酒，还有比格塔里亚更好的去处吗？

心动了吧？

前面那个垂涎三尺的同学，说的就是你！虽然你没有说走就走的旅行，可是你有说写就写的广告啊，还磨蹭什么？快去发愤图强，争取下个星期就踏出国门——去旅行！

漫天画地

她喜欢了他十年，却在第十年等到了他要娶别人为妻的消息。

他辜负了她最美的年华，她满心欢喜只等到断肠毒药。

于是她恨，她怨，她挣扎，却斩不断对他的爱。

她让自己成为全城人眼里的笑话，发誓要他也一点点尝遍她所受的苦。

三年后，他带着一身腥风血雨归来，爱恨尽头，

他还能见到那年春花烂漫里，三两桃花枝下，一身绿裳的她吗？

"古言天后"＋"悲情女王"唐家小主携新作《十年红妆》华丽来袭，请各位美人、贵人、才人自备纸巾擦鼻涕眼泪哦！

号外号外，好消息，特大好消息！

你，也曾经有过那种**心情**吗？

深深地爱着某个人，以为她（他）会一直在你身边，
可是某一天突然发现，她（他）不再属于你。
那种刻骨铭心的痛楚，无法用世间任何言语描述。
如果你也曾有过默默爱恋一个人长达三年以上而没有结果，
欢迎写下你的内心独白，邮寄给唐家小主，
作者的签名新书，说不定就会从天而降，砸到

你头上啦！

十年红妆

少年美颜秀

魅丽作者豪华变身派对！

草莓多温情演绎花样日常青春剧，

打造史上最爆笑祭典挑战队！

奇葩A：洛夜辰 ★★★★★★★★★★★

他是——宇宙中横冲直撞、被视为灾星的恐怖扫把星！

他是——**终结地球命运、妨碍人类前进、绝对要保持距离的人！**

他是——出现在任何地方，都会引起尖叫、逃窜、哭泣、晕倒、跪地求饶……以上几种情况同时发生的可怕生物。

简称：**大魔王！**

奇葩B：艾伦·希尔菲克斯 ★★★★★★

他——穿着最华丽的宫廷礼服，头戴象征王位的冠冕，勋章与绶带熠熠生辉，西方皇家完美礼仪的至高体现。

他——宽袍大袖的帝王冕服系列，将高挑白皙的少年包裹在华丽的花纹中，绸缎的晕光在少年的脸庞周围渲染开来，妍丽的色泽与深浓的纹饰烘托着他高贵的气质。

他——"原来这缓慢得犹如按下暂停键，优雅得叫人产生睡意的舞蹈就是太极拳啊！"

"难道这就是传说中的东方大侠？大侠等等我，我要拜你为师。"

简称：**真·第一王子！**

《圣南学院男神团》沐槿熙

【相貌】樱花树下，干净的金棕色碎发在微风中轻轻飘荡，白皙精致的小脸上，唇角微微上扬，露出一个足以魅惑众生的微笑。他的后背仿佛长着两只洁白的大翅膀，正在不停地抖动着，简直是让天使都为之动容的美貌啊！

【身份】圣南学院男神团首领

【奇葩特质】万箭穿心天使、毒舌两面派典型人物

《荆棘花冠》伊夏洛

【相貌】在丝绒般的夜幕中，他就像一尊神秘优美的雕像，身体比例完美到无可挑剔，优雅的风范下蕴藏着深不可测的力量，在远处依稀可见的海平线的映衬下，犹如希腊神话中的海神波塞冬。

【身份】恺撒学院执行委员会技术部部长

【奇葩特质】超霸道强势，闪耀光环下有着一颗极其腹黑的心，以"蹂躏"未末末为乐

《千夜星侦探社》蔺拓海

【相貌】墨黑的头发在阳光下反射出点点光芒，浓密的眉毛像剑一样锋利地插入鬓角，漂亮的眼睛里犹如蕴藏着细碎的星光，睫毛又长又浓密，在脸上投射下迷人的阴影，英挺的鼻梁，坚毅的下巴，薄薄的嘴唇微微抿起，无论从哪一面看都这么完美。

【身份】千夜星侦探社社长

【奇葩特质】脑筋超好的沉默冰山，喜欢收集玩偶和养宠物

下一个男主角会是……

如果你的恋人是一个ET，那该怎么办？

奇怪百变的**完美学院继承人**、不苟言笑的**冰山风纪部长**、元气满满的**肯塔族王子殿下雷恩**——

魅优白金作家猫小白，最新打造——

三百六十种男主角，你最爱哪一种？

最精彩的放肆青春物语，

敬请期待！

无不学

小剧场之小学生的逆袭

"陈轩！"

"到！"

一群修行者，正在丹轩小学的教室里排队等候，一个接着一个进行传说当中的期中考试。

此刻，校长史中山叫到了陈轩。

"到陈轩了，到陈轩了。"此刻，听到校长史中山叫出陈轩的名字，人们立即沸腾了。

　　"听说陈轩是从幼儿园直接跳级升上来的，刚刚修习不到半年，现在都已经有二年级的实力了，十以内的加减，根本难不住他！还听说百以内的加减，他也已经开始涉足，这次期中考试，肯定是难不倒他。"

　　"是啊是啊，校长也经常夸奖陈轩呢！虽然他才修习半年，但是现在已经有了小学二年级的实力，就算是对上小学三年级的学生，也可以斗一斗，在校长眼中，陈轩可是实打实的天才啊！"

　　"你们知道吗，据校长说，这次陈轩准备挑战十以内的加减法呢，若他真能从中突破，那么日后前途定当无限啊……"

　　旁边众小学生们议论纷纷，唯独带着红领巾的陈轩沉默不语，此时，他看着面前的试卷，啃了两下铅笔头，随即开始道出答案。

　　"一加一等于二。"

　　"一加二等于三。"

　　……

　　"五加五等于十。"

　　"五加六，等于……"

　　围观群众纷纷叹息，十以上的加法，是小学一年级初阶突破到中阶的关键，自古以来，不知道有多少惊才绝艳的人，都倒在了这道天堑之前，无法升入中阶。

　　陈轩刚刚加入丹轩小学，连外门弟子都不是，只是个杂役弟子，要想突破天堑，只能是白日做梦！

　　然而，就在此关键时刻，陈轩识海中光华大作，混沌异宝"计算器"终于醒来，一道玄之又玄的意念打入陈轩识海！

　　"十位天堑，给我破！"

　　终于，在这关键时刻，陈轩的境界突破了！

　　"五加六等于十一！"

　　只见天地间无数灵气涌入陈轩体内，正是传说中的境界突破天兆！

　　围观群众震惊了，要知道加法修炼到十以上，要突破境界，外物已无可助益，只能靠自身悟性突破！纵有数手指秘法，也只能在十以下境界使用！传说中大派真传学子另有一门数脚趾秘术，可以突破到二十以下加法，但那种天级秘传，丹轩小学却是不可能有的！

　　可不想，陈轩竟然有如此机缘，居然得到"计算器"这一无敌至宝，如此一来，日后就算是突破一百以内的加减法也完全不是难事！

"哼！陈轩，别以为你能突破十位加减法天堑就能得意，有本事就与我较量较量！"

就在众人唏嘘不已之时，一名身穿蓝色校服的男子从人群中走了出来，他看着陈轩脖子上的红领巾，露出一脸蔑视。

看到来人，其他小学生无不面面相觑，因为来人正是毕家的少主毕少玉！

要知道，毕少玉可是传说中"高中生"啊，是比小学生高出了两个等级的存在！从小学修到大学，要过三次大天劫，小天劫不计其数。能修到这个阶层的人都是有大气运的，号称"天之骄子"，以一人之力，足可称霸整个小学！

对于众小学生们的表现，毕少玉感到很满意，他擦了擦别在衣领上的团徽，笑道："陈轩，你的十以内加减法速算如何能跟我斗？看我用九九大乘法将你击败！"

陈轩不以为意："少来，你只不过掌握了黄级功法九九大乘法，我可是学成了玄级功法四则运算啊！"

众弟子再度惊诧不已，甚至连校长史中山也向他投来了好奇的目光。

想不到，陈轩不但突破了十以内的加减法，还修成了失传多年的逆乘法——除法！若是他能将加减乘除四则合一，那么即便是面对高中生，也完全可以斗上一斗啊！

听着陈轩这么一说，毕少玉原本蔑视的神情渐渐变得凝重起来，一丝冷汗从他的鬓角滑落，吧嗒掉在了衣服上。

"三九二十七！"毕少玉严肃地看着陈轩，一场乘法最高境界的比拼，也由此展开了！

对于毕少玉的发难，陈轩脸上无波无澜，他以最快的速度将自己的手指头数了四遍，最后淡淡回答："四九三十六。"

看到这一幕，周围所有的小学生们不禁惊讶得张大了嘴巴，他们怎么也没想到，在如此高境界的数学比赛中，陈轩竟然能在如此短的时间里就得出答案，而且速度甚至比高中生毕少玉还要快上三分！

"五九四十五！"毕少玉的脸色不禁有些苍白，他咬了咬牙，提起真气，再次发动了反击。

然而，陈轩的声音依旧不冷不热："六九五十四。"

毕少玉怎么也没想到，面对自己的发难，陈轩竟然如此轻易就全接了下来，要知道，此时已经是自己的极限了，若是再强行算下去，他恐怕会气血攻心、暴走课堂！

"七，七九六十……"一丝鲜血从毕少玉的口中流了出来，显然，七乘九的乘法已经超出了他的极限。

"七九六十三，八九七十二……"

趁他病要他命，就在毕少玉指头数不过来之际，陈轩再次爆出两大更高级的数学乘法。

最后，陈轩深深地吸了一口气，用尽毕生功力，大吼而出："九九八十一！"

九九八十一！想不到，陈轩竟然领悟了九九大乘法的最终形态！

扑通！

在陈轩如此强势的攻击下，毕少玉顿时失去了所有防御，直接吓倒在地。

而陈轩也被一群欢乐的小学生们围在了一起，他们拍着手，跳着舞，唱着歌，欢庆着陈轩的胜利。

"陈轩，以你的成绩，现在完全可以跨级进入初中了！"这时候，丹轩小学校长史中山走过来，对陈轩说道。

陈轩摇了摇头："不，初中完全不是我的目标，我想要上大学！因为在大学中，有着一本传说中的《吞天决》！"

"《吞天决》？难道就是那本日销售达到千万的大神级巨作？"史中山不禁惊疑。

陈轩点了点头："是的，《吞天决》是当今世上万年不遇的奇书之一，几何函数、勾股定理、万有引力，各种玄法奥妙皆囊括其中，我若是能有缘得见，日后称霸全国根本不是难事！"

听得陈轩如是说，史中山不禁被逗笑了："陈轩你有所不知，《吞天决》早就已经对外发售了。它共分十卷，每当销量积累到一定程度就会有神秘人推出新的一册。现在第七册限量精装版马上要上市了，书籍做工精美，价格还不贵，你还是赶紧买上一本限量版《吞天决》，先学为快吧！"

陈轩闻言，眼前立即一亮，随即从裤兜里翻出小电脑，登上了支付宝……

三天后，《吞天决》如期送达陈轩手中，陈轩如获至宝，终日苦读，最后终于成为了一代宗师……

青鸟飞过荆棘岛

微情书点评时间

继3月发布微情书活动后，来自全国各地男女老少反响激烈，被情书砸晕的菜菜酱直呼好浪漫好幸福（众人：你够了，又不是写给你的），起初我还以为大家都是写给自己心目中的那个他/她，结果除了写给闺密，竟然还有不少读者写给咱们魅优这个大家族，啧啧，看来大家对魅优都是真爱啊！

好了，接下来是各位作者的点评时间啦！

@魅丽优品：v

春风再美也比不上你的笑，没见过你的人不会明了。

锦年：美过人间四月天的，大概就只有你了。

夏桐：简练又押韵，可是叶大，『官微』君怎么跑进来了？

叶冰伦：我也不知道（摊手），不过这句情书很像歌词……

@SeaC杳然无声

痛的回忆走过去了会觉得前路美好，好的回忆走过去了就成了脑子里的荆棘。现在我们的回忆那么美好，会不会在将来，我想想你的名字心里都会发涩？

锦年：比起将来心里发涩，现在的我也无法做到把那么美好的你推得远远的。

夏桐：有点悲伤，不过这样的情感在大家恋爱时是都会有的吧。

叶冰伦：正是因为有了这两种回忆，我们的人生才变得如此饱满吧。

@痴吃的阿五：V

喜欢你笔下的苏戈说过的一句话，认识的时间不长，却有一种认识了几辈子的错觉；喜欢你所塑造的人物，奇葩却又可爱的萧宝贝，执着敢爱的白喜，将爱卑微藏在心里的姜若歌……这些美好与伤痛，熟悉得如同在自己身上一般。你说你信奉爱情，坚信会有王子牵着你一起走向美好的未来。我也是。

锦年：这位阿五同学绝对是夏桐的真爱粉啊。文笔也很棒，要不要也来写稿呢？

夏桐：要说看到这段话不开心是假的，我才知道原来"甜筒"们这么有才！快来羡慕我！

叶冰伦：文风有点像锦年，笔触清新真挚，很温暖的情书。

@陌陌轩染：V

致闺密：我的脾气不好，可你依然对我不离不弃。我错过了很多很多的人，最后遇见你，这是我最大的福气。我愿意下辈子落魄坎坷，只愿这辈子我们在一起。虽然明白有些话说得太早，当一切化成零时真的可笑，可我还是想说：我爱你我的好闺密，让我们不离不弃，一直一直在一起。

锦年："我愿意下辈子落魄坎坷，只愿这辈子我们在一起。"好感人，这句！

夏桐：谁说要防火防盗防闺密了？这个世界，还是好闺密多啊！

叶冰伦：虽然有些语病，但还是不妨碍这封情书打动你的心。

@ZJQ_大大周 V

你完美的侧脸在我脑海回荡，你安静弹吉他的样子，让我深深着迷。不止一次在梦中见到你，你存在我的内心深处。你是个坚强的男孩，坚强到我走不进你的心。我远远看着你，看着你漂亮地打篮球，看着你偷偷打瞌睡，看着你在大树下闭眼沉思，这一切的一切也只有我知道。

锦年：少女心满满的一封情书啊！我喜欢！

夏桐：没错，想当年我也这样暗恋过一个会弹吉他、爱篮球的男生。

叶冰伦：少女小说必备的情节，可正因为接地气才能让不同年龄、不同职业、不同地域的读者都产生共鸣吧？

第一期点评结束啦，
大家是不是看得还不过瘾？

想看叶冰伦精准又犀利的点评吗？

想看锦年和你一起聊聊成长路上的悲欢吗？

想看夏桐用欢笑温暖你刺痛的心灵吗？

想看其余精彩点评，请密切关注锦年重磅新作《青鸟飞过荆棘岛》（@merry-锦年、@我素菜菜酱）

互动有奖调查表

姓名: ＿＿＿＿＿＿＿＿　**年龄:** ＿＿＿＿＿＿　**性别:** ＿＿＿＿＿＿　**电话:** ＿＿＿＿＿＿

地址: ＿＿＿＿＿＿＿＿＿＿＿＿＿＿＿＿＿＿＿＿＿＿＿＿＿＿＿＿＿＿＿＿＿＿＿＿＿

　　欢迎来到魅丽优品的新书新貌新世界！全新的改版，浪漫、诙谐、有趣，种种不同的新书预告和介绍，以多彩多姿的面貌呈现在你的面前。在未来的一年里，我们将持续且创新地在每本书后推出各种精彩新书专栏和展示不同内容，如果你喜欢我们精心创作的这份随书附赠的小小礼物，就请回复我们来支持我们吧。

♥ 你的最爱

1. 本期新书预告专栏中，你最爱的栏目是？（多选题，请在最喜欢的几个栏目后打√）

　　新秀街　　　　　疯狂游乐场　　　　　老友记

2. 本期新书预告专栏中，你最爱的新书是？（请根据你喜欢的栏目内容标明你喜欢的3本新书）

　　＿＿＿＿＿＿＿＿＿＿＿＿＿＿＿＿＿＿＿＿＿＿＿＿＿＿＿＿

　　＿＿＿＿＿＿＿＿＿＿＿＿＿＿＿＿＿＿＿＿＿＿＿＿＿＿＿＿

　　＿＿＿＿＿＿＿＿＿＿＿＿＿＿＿＿＿＿＿＿＿＿＿＿＿＿＿＿

3. 本期新书预告专栏中，你最喜欢的作者按顺序是？（请列举三位）

　　＿＿＿＿＿＿＿＿＿＿＿、＿＿＿＿＿＿＿＿＿＿＿、＿＿＿＿＿＿＿＿＿＿＿

4. 本期的图和文字，你更喜欢哪一种？（二选一，在选项后打√）

　　图画排版　　　　　文字内容

♥ 线下投票：

　　填好以上表格，将它寄回魅丽优品的大本营：

湖南省长沙市开福区黄兴北路89号上城金都南栋21楼　魅丽优品　市场部　收

你100%有机会得到我们送出的礼品一份。

♥ 线上投票：

　　如果不想寄信，你可以登录我们的微博和微信进行投票，也有机会得到我们送出的新书一本哦。快来扫一扫，进行线上投票吧！

魅丽优品微博二维码	魅丽优品微信二维码	瞳文社微博二维码	瞳文社微信二维码